读客悬疑文库

认准读客读悬疑,本本都是大师级。

终身验尸官

［日］横山秀夫 著　　曹逸冰 译

臨場

横山秀夫

北京日报出版社

图书在版编目（CIP）数据

终身验尸官 /（日）横山秀夫著；曹逸冰译 . -- 北京：北京日报出版社，2024.1（2024.6 重印）
ISBN 978-7-5477-4647-9

Ⅰ.①终… Ⅱ.①横…②曹… Ⅲ.①推理小说 - 小说集 - 日本 - 现代 Ⅳ.① I313.45

中国国家版本馆 CIP 数据核字 (2023) 第 128093 号

RINJO
©Hideo Yokoyama 2007
All rights reserved.
Original Japanese edition published by Kobunsha Co., Ltd.
Publishing rights for Simplified Chinese character arranged with Kobunsha Co., Ltd. through KODANSHA BEIJING CULTURE LTD. Beijing, China.

中文版权：© 2024 读客文化股份有限公司
经授权，读客文化股份有限公司拥有本书的中文（简体）版权
图字：01-2023-5689号

终身验尸官

作　　者：	［日］横山秀夫
译　　者：	曹逸冰
责任编辑：	王　莹
特约编辑：	刘　帆　　齐海霞
封面设计：	于　欣
出版发行：	北京日报出版社
地　　址：	北京市东城区东单三条8-16号东方广场东配楼四层
邮　　编：	100005
电　　话：	发行部：（010）65255876
	总编室：（010）65252135
印　　刷：	三河市中晟雅豪印务有限公司
经　　销：	各地新华书店
版　　次：	2024年1月第1版
	2024年6月第2次印刷
开　　本：	880毫米×1230毫米　1/32
印　　张：	9.75
字　　数：	192千字
定　　价：	49.90元

版权所有，侵权必究，未经许可，不得转载
凡印刷、装订错误，可联系调换，联系电话：010-87681002

"尸体在哭呢。"

目录
CONTENTS

红色名片　　　　001

眼前的密室　　　037

盆栽识女人　　　077

钱别礼　　　　　111

声　音　　　　　145

夜半审讯　　　　185

败　绩　　　　　221

十七年蝉　　　　259

红色名片

1

一根绳子套上白皙的脖颈。她身子绵软，不省人事。他的胳膊搂着她的腰。只要他稍一松手，她就会立刻摔下收纳箱。

"嗯……"熟睡中的她略略蹙眉，哼哼唧唧，许是觉察到了脖颈处的不适。呻吟化作信号。他松开了她，用脚尖踹开收纳箱。

她的身子旋即下坠——不，只听见"咚"的一声，坠落的身子停在了半空中，她的睡眠应声被打断。眼球毕露，龇牙咧嘴，伸长的舌头扭曲蠕动，好似另一种生物。接着，胸腹深处挤出蛙鸣般的声响。

自健身挂架[1]的握杆处向正下方绷紧的晾衣绳深深嵌入她纤细的下颌。甲油闪亮的趾尖在离地约十五厘米的空中徘徊游走，勾勒出微小的弧线。嘎……嘎吱嘎吱……绳结发出的响声比其晃动慢了一拍，回荡在房中。

带血的鼻涕自她的鼻孔流向上唇，勾出红线。抽搐随即到

---

[1] 即家用落地单杠，形似落地挂衣架，可用来做引体向上等健身运动。——译者注（如无特别说明，书中注释均为译者注）

来。下腹收缩，液体顺着她的大腿悄然淌下，仿佛连衣裙上的淡黄色渗了出来。水流避开膝头，绕向小腿，在木地板上汇成一摊，散发出股股异味。

他满脸嫌弃地注视着这一幕，然后将目光移向墙上的挂钟。午夜零点十五分。

脉动已从她的脖颈处消逝。

他转身穿过房间，用戴着手套的指尖拨下墙上的开关。深邃的黑暗笼罩室内。他摸索着打开推拉门，来到走廊，继而转身面朝她，却只是面无表情地将门推好，朝玄关走去。

2

L县警本部[1]大楼五层。刚过正午，刑事部搜查一课的四十四号内线电话便响了。

"验尸官专线，请讲。"一之濑和之耸肩夹住听筒，将受理登记簿和笔拉到手边，嘴里还含着没来得及吞下的荞麦面。

电话来自剑崎市中央警署刑事课。

一名年轻女子在公寓吊颈而亡。初步判断是缢死，但由于发现者将尸体放了下来，为慎重起见，请验尸官临场查验。

---

1 在日本，各地方警察机关被称为警察本部。——编者注

对方说得吞吞吐吐。一之濑听出了片区干部的弦外之音——姑且让验尸官来一趟吧,以防万一。

"收到,请将案件详情传真过来。"

语毕,一之濑撂下听筒,一口气扒完剩下的荞麦面,走向里间的传真室。四十一岁,警部[1]职称,一之濑调任主管验尸的助理调查官已有整整两年。他虽尚未出师,但这种九成九是自杀的案子也无须惊动领导。

——如果一切顺利,一来一回也就三小时吧。

今天是妻子的生日。虽说她肯定没抱什么期望,但自己若能准点回家,给她一个惊喜,倒也别有一番情趣。就算调查结束后还得写报告,准点走不了,好歹也能赶在自己那份蛋糕被放进冰箱之前到家吧……一之濑胡思乱想着推开传真室的房门,一张叼着牙签、棱角犀利的面庞猝不及防地跃入眼帘,惊得他一个趔趄。

搜查一课调查官仓石义男,五十二岁,人称"终身验尸官"。其身体的轮廓细如长矛。一之濑看见了他信步出门用午餐的背影,却没注意到人已经回来了。

"你要出现场?"仓石剔着后槽牙,朝亮起接收灯的传真机扬了扬下巴。

"对,我要去剑崎市辖区。"

---

1 日本警察警衔之一,在职务上相当于各区县公安分局局长。——编者注

"麻烦吗？"

"不，说是有人上吊。"

"死者什么情况？"

"女的，年纪不大。"

"我去吧。"

"啊？"

"洗洗眼。这阵子看的净是些老头老太。"

仓石撂下这句话，"噗"的一声吐出牙签。

大惊小怪的人做不了仓石的下属。他是不折不扣的鉴证专业户，入行至今就没干过别的，其眼力之敏锐已成业内传奇。鉴定尸体堪称对鉴证能力的大考，而仓石在这方面是历任验尸官中的佼佼者。拜固执到极点的匠人气质和黑帮味十足的措辞所赐，他曾一度游走于警界边缘，但与其漫长的从警生涯相比，那段时间几乎可以忽略不计。他晋升警视[1]已有整整七年，地位稳如泰山，从未让他人染指过"验尸官"这个初步调查环节的关键职位。坊间盛传负责司法解剖的L医科大学的教授们对仓石情有独钟，死活不放他走。倒也难怪，毕竟学者们见惯了顺从谦卑的警察，仓石这种咬破组织的子宫横空出世的放荡不羁的人在他们眼里肯定倍显新奇。

仓石在刑事部内也有大批追随者。他将自己的鉴证技巧像带

---

[1] 日本警察警衔之一，在职务上相当于各地级市公安局副局长。——编者注

"伴手礼"一样带去现场,靠着这些技巧破案立功的刑警不计其数;更有大量鉴证专员在现场目睹他一语破的,继而茅塞顿开。于是,他们接连"拜入"仓石门下,自说自话尊其为师。穿行于那些夜巡记者[1]之间、拜访仓石机关宿舍的热心求教的年轻刑警络绎不绝。无论是刑警、鉴证专员还是记者,仓石都来者不拒,奉上酒水,时而拉上他们打几圈麻将,时而成群结队去夜店闹上整宿。因为和陪酒女过从甚密,险些跟人动刀子之类的事情也不是没有,却总能杯酒泯恩仇。

"男人和女人都是越有纠葛越带劲啊!等哪天翘了辫子,就只能躺在不锈钢台子上,像青蛙似的被人解剖喽。"

毋庸置疑,一之濑也是仓石的学生之一,他也曾忘我地往仓石的宿舍跑。在跟着仓石的这两年里,他更是攒下了足足二十本写满鉴证技巧的大学用笔记本。然而,他觉得自己如何努力都到不了仓石的境界。说实话,他也不想成为仓石——他可不想接"终身验尸官"的班。一之濑如今担任的助理验尸官是极少数铁定能在几年后升任警视的精英职位。有朝一日,他将坐上刑事部一把手的宝座,指挥调查工作的方方面面。而此时积累的鉴证知识,定会在考验领导能力的关键时刻为他的发言注入分量与说服力。

咔嗒咔嗒……响声传来,传真机开始吐纸。仓石已经穿好外

---

[1] 日本记者的一种。"夜巡"也可称为"夜间突袭",即在被采访者夜间回家时,记者与其接触并进行采访的一种取材手法。——编者注

套，正在检查装有勘验工具的包，举手投足间，甚至透出几分天性热衷尸体的味道。

——那就请他跑一趟？

一之濑求之不得。他要是准点到家，天知道妻子会是什么反应，但孩子们定会热情相迎。

"传过来了没？"死者的地址逐渐显现时，仓石如此催促道。

"稍——"话说到一半，一之濑的目光却凝在了传真纸上。嗯……？

剑崎市沟木町三丁目二十二号高山公寓一〇三室——

咔嗒咔嗒咔嗒……

不等一之濑祈祷，传真机便打出了死者的姓名。

相泽由香里。二十七岁——

刹那间，一之濑面无血色。

地址、姓名、年龄……全都对得上。那就错不了，一清二楚。

由香里死了。

在老家当警察，办案时碰到熟人出事便是在所难免。车祸、超速、违反选举法……调任验尸官后，他甚至验看过喝农药自杀的高中学长的尸体。然而——

"嘻嘻，那我可不能莫名其妙死在奇奇怪怪的地方，不然就要被你扒光衣服从头到脚检查一遍了。"

一年前，在高山公寓一〇三室的床上，在一之濑的爱抚下，由香里扭动着身子，如此笑道。

"怎么了？"

"……"

"喂，阿一！"

"……啊，抱歉。"

仓石从旁夺过传真纸，眼角余光扫向一之濑。

"熟人？"

"不是。"

脱口而出的话，让一之濑窥探到了自己的内心世界。他并非在哀悼由香里的死。他的心中尽是恐惧。

"不过我觉得吧，自杀的人都傻透了。"

"为什么这么说？"

"因为人死了就没法像这样逍遥快活啦。哎——你倒是说句话呀，爽不爽？"

会不会是他杀？

他想象不出自在奔放的由香里自寻短见的模样。

如果真是伪装成自杀的他杀，仓石定能识破。届时警方会成立搜查本部，百余名刑警一齐出动，而一之濑的名字定会在同事的调查中浮出水面。凶手不是他，可他一旦沦为"杀害婚外恋情人的嫌疑人"，便会工作不保，妻离子散，这辈子都完了。

一之濑对准自己瑟瑟发抖的腿，抡起拳头捶了两三下，随即冲出传真室。只见他穿过搜查一课的办公区，在走廊追上了仓石。

"调查官——带上我吧！想跟您多学两招！"

3

心跳不断加速。

一之濑手握方向盘，每次等红灯时都要借着后视镜窥视后方。他早已养成提防记者跟踪的习惯，但今天的窥视多了一层含义——他在暗中观察后座上的仓石。仓石抱着胳膊，闭目养神，一如往常。在前往验尸现场的途中，仓石总是惜字如金。可他心里在想些什么？有没有把相泽由香里的死和自己的慌张联系在一起？

路上很空，无须开警灯也能在国道上一路飞驰。车在国道与县道的交叉口拐弯，驶向剑崎市内，驶向由香里的住处。

"哇，人家可喜欢警察叔叔啦！"

事情要从一年半前的L县警医[1]协会年终联欢会说起。受邀参会的仓石没来得及从山区的案发现场赶回来，于是一之濑便替他去了。一群穿着鲜红迷你裙的礼仪小姐现身会场，而由香里就是其中最显眼的一个。她干干净净的面庞与短发相得益彰，四肢纤长，跟模特有一拼。男宾们的目光追逐着她满场飞的倩影。由香

---

[1] 受警方委托对可疑尸体进行检查的医生，有时也为被拘留者和警务人员提供保健服务。

里的谈吐幼稚得一塌糊涂，但一之濑清楚地记得，和她聊天时有种莫名的惬意，直叫人怀疑她是不是能发出α波[1]。

许是醉意使然，由香里开口要名片，他便给了。约莫一个月后，由香里的电话打到了他的办公室，两人就这样在咖啡馆见了第二面。由香里很是健谈。她说她虽有大专文凭，却找不到工作；本想考个花艺师资格证，可兼职太辛苦，学习之路只能半途而废；她四处打工，物色条件更好的兼职，最后当起了礼仪小姐；虽然现在一个人过得还挺开心的，不过说什么都得在三十岁前把自己嫁出去……像这样通过几次电话后，由香里表示自己的内衣被人偷了。"内衣"二字听得一之濑的胸口一阵酥痒，怦然心动。他没把案子转给片区，厚着脸皮去了由香里的住处，显然是别有用心。

"我大概是有点儿恋父吧，对大叔没一点儿抵抗力。"

两人的关系突飞猛进，在不显眼的郊区汽车旅馆频频幽会。他习以为常后，甚至不时在由香里的住处交欢。他陶醉于人生中的第一次婚外恋。"还有人看得上我"的念头让他忘乎所以。与欢愉针锋相对的，是仿佛被渐渐拖进沼泽或黑暗的危惧。他确实沉溺于那具年轻的肉体，每天与尸体打交道的生活也让他倍感压力。当时他已年近不惑，许是想以这种方式强压住对衰老的隐约恐惧吧。说不定还有仓石的影响。莫非他心底暗藏着对不羁浪子

---

[1] 脑电波的基本波形之一，有助于舒缓情绪，放松身心。

的向往？让事业和家庭见鬼去吧！反正翘了辫子后都只能躺在不锈钢台子上，像青蛙似的被人解剖。

蜜月期持续了半年左右。激情消退后，他甚至对用情渐深的由香里生出了惧意。然而，一之濑迟迟无法结束这段关系，他放不下由香里的青春。说来讽刺，到头来，竟是为两人牵线搭桥的那张名片驱散了他的不舍。

"我把你的名片贴在了日程本上，碰到死缠烂打的客人就亮出来，人家一看到名片就跑了，就跟《水户黄门》[1]里演的似的。"

一之濑明知由香里全无邪念，却仍是心头发颤。"还给我！"他如此催促，声音低沉得让他自己都吃了一惊。由香里却不肯，哭丧着脸央求道："我不会再拿给别人看了！"强行夺回也不是个办法，而拿不回名片的烦躁更是放大了对她的厌烦。危险的女人——一旦生出这个念头，昔日情人便成了自己的心头大患。

那日过后，一之濑在惯性的驱使下又和她见了几面。说实话，他是硬着头皮赴约的——还不是因为她手里捏着自己的名片。他态度冷淡，有时甚至不上床就离开了。分手是由香里主动提的，却是一之濑步步紧逼的结果。由香里带着哭腔说道："名片等我找了新男朋友就扔！"他不情愿地点了头，暗暗盘算着，

---

1 于1969年开播的日本古装剧。在剧中，主人公德川光国每次惩戒坏人之前，都要亮出印笼上的德川家徽以示其身份。

眼下还是别刺激她为好。

一之濑和由香里就这么断了联系，电话也没再打过。所以两个月前在银行的ATM专区偶遇时，两人都结结实实吓了一跳。由香里朝气蓬勃，一如两人初见时。一之濑很快就找到了原因——只见她左手的无名指上闪耀着一枚金戒指，缀以小小的红色宝石。

"是红宝石哟，好看吧！"

"你……订婚了？"

"嗯——快了吧。你肯定也听过他的名字。"

"……是我认识的人？谁啊？"

"不告诉你，到时候会给你寄明信片报喜的。"

"名片"二字都到嘴边了，可终究还是没问出口。他也觉得，事到如今也没必要再问了。由香里欢天喜地的神情足以让他放下心头的大石。谁知——

一之濑打方向盘拐进市道，车已驶入剑崎市内。

那张名片的存在再一次对一之濑构成了威胁。由香里有没有信守承诺？有没有扔掉那张名片？名片是不是还贴在她的日程本上，留在了一〇三室的某处？

不，更要紧的是——她的死究竟是自杀还是他杀？

若是他杀，一之濑就死定了。鉴证专家会仔细调查房间的角角落落，届时定会发现他的指纹，采集到他的毛发。说不定床缝里还藏着他的阴毛，说不定由香里的手机里还存着他的名字。就算没找到那张名片，一之濑也会被迅速列为头号嫌疑人。

是自杀就好了。

类似饥饿的感觉油然而生。他实在不觉得由香里会自杀，却希望她是自杀而死。只要警方断定她是自杀，就不会提取指纹和毛发样本。虽说找到她的日程本的人定会打开翻看，但他可以赶在那之前把本子藏起来。有戏！只要走进现场，就还有一线生机。

车已驶入小巷，雅致的双层小楼映入眼帘——高山公寓。

一之濑偷瞄后视镜。仓石仍闭着眼睛，脸上没有任何可以解读的情绪。

4

由香里的住处已是一派"案发现场"的景象。

警戒带从公寓左手边的电线杆一路拉到路边的碎石堆，年轻的制服警员盯着半空，显得心事重重。停在里头的轻型面包车里有两顶鉴证课的工作帽。边上停着一辆深蓝色的轿车，气势汹汹的红色警灯转个不停。

仓石下车伸了个大懒腰，环顾四周。一之濑则竭力佯装镇定。视野的角落里，分明是一○三室的白色房门。

"二位辛苦了！"

爽朗的声音响起，圆润的身体和面庞朝他们靠近。连名字都是圆圆的——来人正是剑崎市中央警署刑事课搜查组长福园盛人。

一之濑不禁暗暗咂嘴。别看他长得人畜无害，却是公认的探案好手，跟他一起进现场，怕是会相当棘手。

福园却压根儿没把一之濑放在眼里。

"校长亲临现场，小的深感荣幸。"

"少贫嘴，你个福馒头。"

"哎哟，一见面就喊我'馒头'哇！"

"尸体都被人放下来了，还煞有介事地围住这么大一片，你是在向街坊们宣传自己有多蠢吗？"

"哈哈，校长训起话来还是这么不留情面。"

许多人尊称仓石为"校长"，以"仓石学校"的学生自居。

"不过嘛，我看十有八九是自杀。"

福园随口说道，回头望向身后的轿车。后座上有颗头发花白的小脑袋，用手帕捂着的脸微微晃动。

"死者的母亲找上门来，发现了尸体，和房东一起把尸体放了下来，倒也不是不能理解。"

仓石心不在焉地"嗯"了一声，穿上塑料鞋套。

"没有遗书。不过据那位母亲说——"

"打住。"仓石打断了福园。不做预判，先看尸体——这便是他的弦外之音。

"那就先进去瞧瞧吧。"

"谷田部老爷子来了没？"

"说是要晚到一会儿。反正来的也是'二代'。"

谷田部敦在剑崎市开了一间诊所,多年来一直担任剑崎市中央警署的警医,不过这两年得了肝病,警方的工作都交给了接班的儿子克典。

"要等他吗?"

"开始吧,不然就不新鲜了。"

言外之意,警医不过是摆设。福园跟着仓石钻过警戒带。一之濑追了上去,与两人拉开一定的距离。即将面对已成尸体的相泽由香里,一之濑唯一能勾勒出的便是躲在他们身后连大气都不敢出一下的自己。

一〇三室。戴好手套的仓石转动门把手,往外一拉——"砰!"门发出巨响,却没有开。仓石又用力拉了一下,还以为是卡住了。"砰!"

"是不是往里推的?"

"胡扯。"仓石边说边往里推。门毫无阻力地开了,露出狭小的玄关。

"哪个蠢货设计的,鞋都放不了。"

"可不是嘛。"

两人的对话听得一之濑背后一阵发凉。第一次来由香里家时,一之濑也没注意到门是朝里开的,把门拉得震天响。万一他今天走在前头,定会毫不犹豫地推门入内。那是唯有知情者才会落入的陷阱。他必须铭记于心:进了这间屋子,就绝不能在他们之前轻举妄动。

仓石、福园和一之濑依次入内。进门左手边是小得可怜的厨房区，再往前走几步是凸出来的一体式卫浴，边上是通往里间的短小走廊，隔开里间和走廊的推拉门开着。

"据死者的母亲说，她进来的时候，这扇门是关着的。"

踏入里间，房间面积八叠[1]左右，铺着木地板。每扇窗都拉着厚重的窗帘，屋内很是昏暗。仓石摸向墙上的开关。软灯罩下的两根日光灯管发出刺耳的噼啪声，其中一根亮得略慢。

与当时别无二致。

"灯的情况呢？"

"她说是关着。"

仓石环顾四周。他微微点头的动作，表示现场乍看没有打斗或翻找财物的迹象。

尸体——相泽由香里的遗体就躺在门口左侧角落里的床上。那床矮得跟打地铺相差无几。鉴证专员奉命入内拍照，闪光灯亮个不停。她穿着黄色的连衣裙，脸上的白手帕想必是母亲所盖。

一之濑无法直视。他心跳如擂鼓，呼吸困难，日程本的问题早已被他抛到九霄云外。赶紧离开这里，成了他脑海中唯一的念头。

仓石却仿佛看穿了他的心思，如此说道：

"阿一——你来。"

---

[1] 日本计算房间面积的单位，一叠约1.62平方米。——编者注

5

这定是人世间最痛苦的煎熬。

一之濑不知该如何作答,甚至能觉察出自己的狼狈。

"怎么了?明明是你主动要来的。"

"对,可是……"

仓石果然对他和由香里的关系起了疑心,所以想让他验尸,密切关注他的一举一动。

"赶紧的,天要黑了。"

仓石的话语扎入心口。福园讶异的目光也戳得他脸颊生疼。

一之濑告诉自己,必须硬着头皮上,不然只会加重他们的怀疑。必须横下一条心。除此之外,别无生路。

"好,我来。"

一之濑上前一步,呼出一口气,抬起双眸,缓缓环顾里间。

床对面的墙边摆着健身挂架,那是由香里在二手商店买的。一之濑在片区的刑警办公室见过,却没亲身体验过。还记得刚看到的时候,他不由得细细打量了一番,心想:原来健身挂架长这样啊。

"试试呗?还挺舒服的,身子拉得老长,就跟橡皮筋似的——"

——专心!

一之濑将由香里的声音强行轰出脑海。

他走到挂架跟前，用尺子测量数据。离地二点二米的握杆上拴着一条晾衣绳，勾勒出一个头重脚轻，还被纵向拉长的"8"字形。

用手指沿绳子描画，便知其结构极其简单。将一条绳子的两端分别绑在握杆上，垂下来的部分自上而下捋成一股，中途打结，形成绳圈。虽是一之濑从未见过的形状，但作为一种自缢装置，这样的结构无可挑剔。下方的绳圈直径二十一厘米，是适合把头伸进去上吊的大小。

挂架正下方的地板上留有尚未干透的椭圆形水渍，凑上前去，刺鼻的氨水味扑鼻而来。而在水渍前方二十厘米处，有一个翻倒的收纳箱。失禁的位置也好，垫脚台的位置也罢，都没有任何异样。

一之濑站起身，再次环顾室内。

玻璃桌大致摆在房间的正中央。右侧墙边叠着五颜六色的收纳箱。箱子如拼图般纵横交错，杂志、CD、毛绒玩具和饰品各有去处，整整齐齐。箱子上摆着手机、磁带录放机和电视。把网球拍捧在胸前的由香里在相框中笑靥如花。

"哟，长得还挺漂亮。"福园脸上仿佛写着"红颜薄命"四字。

"不好说。"仓石话里带刺，转头盼咐一之濑，"验尸。"

一之濑在床边单膝跪地。

双手合十——该怎么验就怎么验，和平时一样。

他抬手捏住手帕的一角，谨慎得仿佛那是张沾了水的柔软和纸。手指微微发颤。管它呢，豁出去了——钩住布纹的根根汗毛化作最后的阻力。由香里的面容终于显现在眼前。

一之濑不禁闭上双眼，背后传来福园倒吸一口凉气的声音。

他放弃挣扎，睁眼一看。呕吐的冲动一次次涌了上来。

面前这张死人的脸，与照片中的笑容没有一丝交集。苍白如蜡，眼球凸出，扭曲的舌头耷拉在齿列之外。歪斜的嘴角，好似制图时一时手滑的产物，仿佛下一秒就会发出痛苦的吼声。这是典型的缢死面相。

一之濑咽下在口中扩散的酸水，握住笔形手电筒，照向由香里的眼睛。角膜混浊，无法透视瞳孔。

尸僵呢？他放下手电筒，手掌自由香里的肩膀出发，向手臂抚去。谁知手掌一动，他便忘了自己正在验尸，停了下来。

僵硬而冰凉。

——由香里……

"怎么了？继续。"

仓石的声音直击天灵盖。一之濑连忙动手。尸僵已达高峰，手臂硬得仿佛吞下了一根棍子，而且已发展到下肢，全身关节均无法活动。

"看来足足吊了十二三个小时。"仓石嘟囔道。

福园垂眼看表："……也就是午夜零点前后？时间倒是对上了。隔壁的研究生说，他在那个时候听到了'咚'的一声。"

——隔壁的研究生……

一之濑一阵恍忽。和由香里在一起的时候，他曾在房门口偶遇过那位邻居，尽管只有一面之缘。高个子，符合现代人口味的长相……还记得隔壁门口的名牌上写着"加藤"……由香里说，她的新男友是一之濑认识的人，但他当时全无头绪。对啊，倒是有可能，毕竟由香里和加藤一直都是隔壁邻居。

——先别管这些。

一之濑整理心绪，验尸才是当务之急。目前还没有发现任何疑点，若能顺利定性为自杀，和由香里有关的种种烦恼便会烟消云散。

——出血点呢？

如果她是被人勒死或掐死的，眼睑与眼球定会出现形同针刺的出血点。

没有，干干净净。

——外分泌物的痕迹呢？

如果死者以自缢之外的姿势丧命，鼻涕、唾液和尿液往往会横流，痕迹也会出现不自然的转折。

一切正常。带血的鼻涕自鼻孔笔直流向上唇，没有分毫错乱。唾液的痕迹也是自下唇左端笔直向下。双腿的尿失禁痕迹共有四条，均是沿大腿流向正下方，没有弯曲或中断。

——血液的坠积情况呢……

体内的血液自心脏停止跳动的那一刻起向低处坠积，透过皮肤显出尸斑。

也没问题。暗紫红色的尸斑集中在四肢末端。

一之濑松了一口气。简直是教科书般的缢死尸体现象。

不过,最关键的还是脖子。一之濑拿着手电筒缓缓照向由香里的前颈。

宽约一厘米的红黑色线条横穿脖颈。索沟[1]自下颌正下方延伸至左斜上方,穿过略微突出的腭骨与耳下,没入后颈的发际线。右侧也是如此。自下颌出发的索沟以同样的角度向上延伸,消失在被身下被褥遮住的后颈发际线处。

一之濑握住肩头,稍稍抬起她的身子,观察索沟的后半截。虽未留下绳结的痕迹,但索沟几乎绕脖一周,以下颌为起点完美对称。而且下颌处的索沟深如剜痕,足以证明这一点曾支撑过全身的体重。绞杀绝不会留下这样的痕迹。有一种行凶手法是以背对背的姿势将绳索套在对方的脖子上,然后猛地将其背起。可即便如此,也无法留下如此精准的对称索沟。

除了索沟,脖子上并无其他异常。遇袭的被害者必然会挣扎,会在痛苦中抓挠自己的脖子,试图弄开绳索,留下广为人知的擦伤"吉川线[2]"。由香里的脖子上没有,指尖和指甲内侧都很

---

1 俗称"绳印",指绳索压迫人体软组织留下的痕迹,是鉴别缢死、勒死的主要证据。——编者注
2 俗称"抓痕"。日本警察的专业术语,指脖子被人勒住时,受害人下意识地用手把勒住脖子的绳子向外拉而导致的抓伤。可作为他杀的判断证据之一。

干净。

死者的情况与装置本身也没有任何矛盾之处。由香里的脖根到脚跟为一百四十厘米，绳圈底部离地一百五十五厘米，有十五厘米的空间。收纳箱横放也有二十五厘米高，足以发挥垫脚台的作用。

就是缢死。不是他杀，而是上吊自杀。种种迹象都在无声地诉说这个结论。

警医谷田部抵达现场后也会做出同样的判断。这是一起显而易见的自杀。由香里的遗体将由她的母亲接收，而不必送往L医大进行司法解剖。

一之濑站起身。反胃感已然消失。深深的解脱感自心底油然而生，取而代之。

他回过头去，正要说出"是缢死"这句话，房中却响起了仓石的声音。

"尸体在哭呢。"

6

一之濑惊愕不已，将目光移回尸体。

尸体在哭？是我搞错了？

不，说不定……

只见由香里的右眼角下临近颧骨的位置有个淡淡的污点,与赤豆一般大。一之濑还记得,他方才认定那是个雀斑。

他举起放大镜细看。

放大了才发现,污点的部分轮廓微微凸起。分明是干燥后粘在皮肤上的眼屎——

一之濑心头一凛。因为他想起了记录在笔记本上的仓石金句。

"安眠药中毒而死的尸体会流眼泪。"

"调查官——"

"也不一定。寻常的上吊尸体也常有流泪的。不过保险起见——"仓石略一思索,发号施令,"阿福,让鉴证人员做一下地板上的脚纹鉴定。"

"脚、脚纹……?"

"看看死者是不是自己走过去的。不是可以先用手段让她睡着,再把人吊起来吗?"

"哦,有道理!"

"说灯没开是吧?那就做从开关下面到挂架这段距离的。"

两名鉴证专员行动起来。他们拉开窗帘,开始用斜光照射法和铝粉采集脚纹。

"还有这个。"仓石指着由香里左手的无名指说道。

"啊……?"

一之濑凝神望去。手指上什么都没有……不对……有,还真有。约莫一毫米宽的带状压痕隐约可见,绕指一周,八成是戒指留下的痕迹。他看漏了。因为手指被尸斑染成了凄惨的暗紫红色。

"这里头有不少。"福园很是眼尖，找来一个星形的饰品收纳盒。里面有七枚戒指，都是看着就很廉价的装饰戒指。

"有宽度对得上的吗？"

"呃，稍等啊……"福园逐一取出盒中的戒指，与由香里无名指上的压痕比对。

有三枚宽度相符。

"死者应该是先摘下戒指放进收纳盒，然后才上吊的吧。"

"死前摘的也会在尸体上留下压痕吗？"

"嗯，只要是临死前摘的。"

两人的对话似乎找到了落点。

一之濑却是脸色铁青。

"是红宝石哟，好看吧！"

不见了。那枚镶有红宝石的金戒指不见了。上哪儿去了？无须推敲，故事情节便在脑海中迅速成形。

由香里果然是被人害死的。凶手拿走了那枚戒指，因为他害怕警方通过戒指追查到他。凶手是谁？就是送由香里戒指的新男友。说不定就是住在隔壁的研究生加藤。

一之濑心想，这事理应向仓石汇报。这是区分自杀和他杀的关键线索。隐瞒到底，就没法再当警察了。片刻前，他还希望由香里是自杀。不，这个念头至今未变。但这并不意味着他可以把他杀偷换成自杀——

在空中彷徨的目光忽然凝住。

日程本……由香里的日程本，和几册文库本一起竖在装满CD的收纳箱深处。

"我把你的名片贴在了日程本上，碰到死缠烂打的客人就亮出来，人家一看到名片就跑了，就跟《水户黄门》里演的似的。"

战栗再次袭来。身败名裂——

思绪急转直下。

如果加藤不是凶手呢？那他就成了谋杀出轨对象的嫌疑人。他舍得下事业和家庭吗？由香里都死了。有必要为了一个死去的女人，牺牲此时此刻还活着、今后还得活几十年的自己吗？

不，是不是他杀都还得打个问号。比如……对，说不定是由香里因为被男友抛弃，所以扔掉了戒指，或者把它收在了看不到的地方。

换句话说，他不确定此案件的性质会不会因为"向仓石汇报"而变成他杀。但他可以肯定，自己的人生会因汇报而岌岌可危。

——荒唐！

一之濑咬紧后槽牙。

决意已定。既然打定了主意，接下来该干什么就显而易见了。

他用眼角余光偷瞄仓石，仓石正垂眼看鉴证专员采集脚纹。福园亦然。正是动手的好机会。

一之濑倒吸一口气，同时蹑手蹑脚挪向他们身后，缓缓压低重心，把手伸进收纳箱。就在他的手指抽出日程本的刹那，一阵微风拂过脸颊。脚步声告诉他，是玄关处的大门开了。

"不好意思，我来迟了。"

不到三十岁的"二代"警医谷田部克典进屋说道。

——撞见了？

一之濑微微出汗的手在裤兜里攥着小小的日程本。

7

谷田部的到来将验尸工作推向最后阶段。

"那我开始脱衣了。"

一之濑解起了遗体连身裙的前扣。丰满的胸部，纤细的腰身，诱人的下腹曲线。他爱过的由香里的一切，渐渐现于人前。

"嘻嘻，那我可不能莫名其妙死在奇奇怪怪的地方，不然就要被你扒光衣服从头到脚检查一遍了。"

真可怜。一之濑已然恢复平静，甚至有闲心怜悯。日程本到手了，谷田部似乎没注意到他的小动作。要不了多久，这位谷田部先生便会得出自杀的结论。由香里已无法再对一之濑造成威胁。

还有戒指的问题。也许由香里是被人杀害的。但将"红宝石戒指消失"解读为"由香里失恋"也未尝不可。失恋心碎，自寻短见。一之濑都快说服自己了。

他与谷田部一起检查了由香里的肩头、胸腹和上臂。没有皮下出血,没有压痕,没有擦伤,没有任何暗示外敌存在的痕迹。

解开文胸。双峰毕露,看得一之濑大吃一惊。

乳头发黑。不,这颜色依然能用"粉红色"来形容。在场的其他人都没有报出"妊娠迹象"四字便是最好的证据。但一之濑还记得,昔日由香里那粉嫩的乳头之色。

心跳再次加速。

怀孕。既能成为他杀的动机,也能成为自杀的动机,单凭这一点来判断的确模棱两可。然而——

戒指和怀孕。这两点足够警方做出"疑似他杀"的判断,从而启动后续调查。可自己要是瞒下这些细节,这起案子就只会被当作寻常的自杀草草处理。查也不查,就此没入黑暗。岂有此理!由香里九泉之下怎能瞑目?

可是,决意已定,他也无意回头。心境如寒风萧瑟。他已被自己冷血的一面所吞噬,内心已然化作坚冰。

一之濑褪下遗体的内裤。稀疏的阴毛留有些许失禁的潮气。以棒状体温计测量直肠温度,验尸工作到此为止。

仓石看向谷田部。

"你怎么看?"

"应该是缢死。"谷田部面不改色道。

仓石略略点头,转向采集完脚纹的鉴证专员。

"你们呢？"

"弄好了。从电灯开关到挂架下方有一串笔直的脚纹。从步幅看，走得很稳。"

"辛苦了。阿福，你有什么要说的？"

福园幽幽道："相泽由香里的母亲说，肯定是血脉作祟。相泽由香里的父亲死于二十二年前，也是自缢身亡。那年她才五岁。"

一之濑不敢相信自己的耳朵。因为由香里明明说过，自己的父亲死于癌症。

"说是家里开的铁器作坊破产了，连女儿过生日都买不起礼物，只能用自己的名片给她做了一副扑克牌。名片上印着名字的那一面不是一模一样的嘛，可以当成扑克牌有花纹的一面，再用签字笔在名片背面画上红桃、黑桃之类的图案就行了。女儿欢天喜地地收下了这份礼物，谁知父亲第二天早上就……他大概是想为女儿过了生日再走吧。坏就坏在最先发现尸体的就是女儿。她母亲说，肯定是因为她小时候看到了那一幕，所以才会走上绝路。"

房中寂静无声。

一之濑也说不出一句话来。

名片……难怪由香里那么……

"阿——"仓石抱着胳膊，盯着一之濑。

"下结论。"

"啊……？"

"这次验尸工作不是你负责的吗？线索都齐了，下定论吧。"

不过数秒，一之濑便已承受不住沉默的重压。

他终于张了嘴。嘴唇不住地颤抖，连声音都变细了。

"本案……判定为缢死。"

8

晚上十点。一之濑坐在小酒馆的吧台前，怎么喝都不醉。

走出由香里家时，只见警戒带外围了一圈人。加藤的面孔亦在其中。目光相遇，一之濑主动移开了视线。万一他还记得我的模样就麻烦了——所以一之濑下意识地低下了头。要知道，那个加藤说不定就是杀害由香里的真凶……

这都是为了保住家庭。

当真？那他为何身在此处？自己本可以准点下班为妻子庆生，却没有这么做，而是待在这里喝酒。

不过是为了一己之私。

一之濑凝视手掌。

由香里身体的触感仍在，冰凉而坚硬。

"哇，人家可喜欢警察叔叔啦！"

一之濑本以为由香里是个无忧无虑的姑娘，就知道随心所欲地挥霍青春，过快活有趣的日子。

谁知她五岁的时候就失去了父亲。在生日的第二天早上，看到了父亲上吊的尸体——

"不过我觉得吧，自杀的人都傻透了。"

由香里说这话的时候是什么表情？他想不起来了。在一起半年有余，事到如今他却发现自己对由香里一无所知。

因为他懒得去了解。即便面对她的尸骸，他也没有试图去挖掘真相。到此为止。她将被火化成灰，装进小坛子，长眠于某处的地下。

一之濑的肩膀瑟瑟发抖。他用双臂撑住吧台，想掏手帕，手却摸到了另一件东西——日程本。

一之濑抽出本子，忘我地翻看。找到了。那张名片就贴在最后一页。可——

姓名、职务和电话号码都无法辨认。一颗颗小小的红色爱心，盖住了每一个铅字与数字。

一之濑仰望天花板。

由香里答应过他，找到了新男友就把名片扔了。她舍不得，却又不想给他添麻烦……

一之濑把不肯归还名片的由香里当成威胁，甚至是危险的炸弹。由香里却不怨恨薄情汉，用爱心涂满整张名片，好似青涩的小女孩。她许是想用红色圆珠笔强行盖住名片上的黑字，纸的表面都被磨得起了毛。好傻啊……一之濑心想，她可真傻。

这就是流泪的感觉吗？泪止也止不住。

一排排爱心变得朦朦胧胧，仿佛扑克牌上的图案。

一之濑攥紧拳头，下定决心般狠狠攥住。

他掏出手机，打去仓石的住处。无人接听。再打仓石的手机——

"怎么了？"

"有紧急情况跟您汇报，您在哪里？"

"剑崎市的现场。"仓石的回答恰似雷鸣。

一之濑离开酒馆，冲到街边，打车赶往剑崎市。仓石尚未排除他杀的可能性。既然如此，他提供的情报就是有意义的。

一个多小时后，一之濑抵达高山公寓。只见一辆车停在一〇三室前方，仓石就坐在车里。

"瞧你这表情，不是来自首的吧？"

"也大差不差了。"

一之濑和盘托出。他与由香里的关系、戒指、身孕，还有加藤——

"隔壁的加藤啊……跟我的不一样。"

"不是他……？那是谁？呃，不是，首先这案子真是他杀吗？"

"我保证是他杀，你跟我来。"

仓石下了车，推开一〇三室的大门。一之濑紧跟那细长的背影。

穿过短小的走廊，来到里间后，仓石关闭推拉门，熄灭电灯。

屋内一片漆黑。

"每扇窗都拉着厚重的窗帘,再把门一关,到了晚上就是这幅景象——阿一,你能走吗?"

"呃……不能……"

"人无法在漆黑的环境下行走,哪怕在自己家也不行,不可能走出鉴证人员所谓的笔直的脚纹和稳当的步子,撑死了也就畏畏缩缩挪着步子走。简而言之,那串脚纹是在别的时间段留下的。"

啊……原来仓石在现场等到天黑,就是为了核实这一点。

"调查官——其实您白天就看出来了是不是?当时不说……是因为我神色惊慌,所以您起了疑心?"

"谁还没干过点儿亏心事呢。警察也一样。"

黑暗中,唯有声音往来。

"那……现在呢?"

"一清二白。"

"不是我也不是加藤,那会是谁呢?由香里说,我知道她新男友叫什么。可是除了加藤——"话说到一半,一之濑顿感全身紧绷。

还真有。确实还有一个人,会让由香里生出那样的想法。

"啪!"灯光骤亮。仓石的脸近在咫尺。

"有吧?"

一之濑点了点头:"警医'二代'——谷田部克典。"

是那场L县警医协会年终联欢会。如果由香里和谷田部相识于会场,那就说得通了。一之濑也参加了联欢会,所以由香里会觉得,自己好歹听说过谷田部——

"这下,你跟我的一样了。"

"他俩可能是在我之后好上的。他们都住剑崎市,搞不好是由香里去他开的诊所看病,然后越走越近。可就算他们有过一段恋情,也不能断定就是'二代'下的手……"

"现场布置得很好,很难看出破绽。本以为也就你有这个本事,但他当然也行。毕竟他对我们的工作了如指掌。"

"话是这么说,可警医也不止他一个啊!由香里去的是警医协会的联欢会……"

仓石却没有搭理。

"等明天做完司法解剖,就知道他是怎么放倒被害者的了。不过嘛,也多亏他犯了个意想不到的错误。"

"错误……?"

就在这时,玄关传来一声巨响。"砰!"又有人往外拉门了。

"啊……"一之濑不禁瞠目。

那时——他趁仓石他们不注意偷拿日程本的时候,谷田部姗姗来迟。有微风拂过脸颊,也有脚步声传来,唯独缺了一声"砰"。

"没错,谷田部知道门是往里开的。"

一之濑呆若木鸡。

终身验尸官——这般细枝末节,都逃不过他的法眼?

福园冲了进来:"校长——那'二代'的胆儿可真够肥的!明明有家室,却在外头装'钻石王老五',到处拈花惹草!"

福园向仓石汇报了一通,撂下一句"看我不查他个底朝天!"便又冲了出去。他和白天一样,全程无视一之濑。

"我们撤。让他们忙活去吧。"

"好。"

一之濑来到走廊,却停下脚步,回头望去。

有种被人叫住的感觉。

由香里说过,"说什么都得在三十岁前把自己嫁出去"。也许,她是把下半辈子赌在了谷田部身上。她发现自己怀了身孕,于是缠着谷田部,死活不肯打掉。

一之濑闭上双眼,一言不发,朝那间灯灭梦碎的屋子双手合十。

仓石等在门外。

刚上车,两人的手机便同时响起,仿佛是瞅准了这个间隙。

"死者有请。"

仓石瘦骨嶙峋的脸颊稍显松缓。

眼前的密室

1

晚十点刚过。

相崎靖之扭头望向躺在沙发上的甲斐。

"甲斐哥。"

"嗯?"

"嫂子今晚有空吗?"

"嗯?嗯。"

"能不能借我用用?"

"可以是可以……去哪儿?"

"甜爱酒店。"

"嗯……"

甲斐心不在焉地应着,缓缓起身走向自己的办公桌,拨了个电话号码。

约莫十五分钟后,甲斐智子现身。智子今年二十四岁,比相崎大一岁。一双完全无视眉眼正常比例的大眼睛叫人过目不忘。她的打扮素来随意,今晚也穿着宽松的卫衣和迷你裙,光脚踩了双低跟凉拖。相崎自幼深信连裤袜就是女人的皮肤。在他眼里，智子亚光的大腿和膝头反而多了几分性感，却也倍显邋遢。

相崎对智子使了个眼色，在推开房门的同时回头说道：

"借嫂子一用。"

甲斐嘟囔了一句"注意分寸"，便又躺回了沙发上。

智子的红色轻型汽车悄无声息地停在大楼背后，不在其水银灯的光圈范围之内。

这车的离合器该修了，怎么踩油门都开不快，发动机倒是响得震耳欲聋。好不容易提了点儿速，信号灯又刚巧变红了。刹车倒是灵得很，仿佛知道自己扮演着出气筒的角色。

"相崎啊，"副驾驶座上的智子目视前方，"今晚去哪儿？"

"甜爱酒店。"

紧绷到扎人的空气弥漫在手肘相触的狭小车内。

"你好淡定哟。"

智子带着些许怨气说道，把靠背又往后倒了一截。车在这时突然发动，她那性感又邋遢的大腿随之浮起，染上了绿灯的色彩。

汽车沿国道向东行驶，在信用社所在的街角拐进县道。车带起阵阵疾风，撼动着商业街一成不变的灰色卷帘门。慢弯一过，五光十色的沿街酒店映入眼帘。

外观形似豪华邮轮的甜爱酒店最是光彩夺目。按"车辆通道"的指示牌左拐，从县道驶入碎石路，便能看到右手边不远处的"车辆入口"。入口处挂着五彩斑斓的尼龙带，恰似七夕节的挂饰。但轻型汽车并没有开进去，而是沿酒店外墙行驶。最后一步，便是在外墙的尽头将方向盘向右打满，钻进酒店后侧的狭窄土路。熄火、关灯，在停车的同时放倒座椅。碎石路后，有一栋破旧的双层小楼。相崎以最快的速度调节后视镜的角度，对准十米开外的小楼前门。

那是县警本部搜查一课重案四班班长——大信田警部入住的机关宿舍。

"是那起老太太被害的案子？"

相崎"嗯"了一声，在B5开面的夜巡记录本上写下一行字——10:32　开始蹲守。

2

智子也将座位放倒。

"班长大概什么时候回来啊？"

"在警署会议室举办的汇报会才刚开始，所以——"相崎垂眼看表，"天知道是十一点半还是十二点半……"

"是一点半还是两点半。"智子百无聊赖地接了一句。

"嗯，如果有人汇报了有价值的线索，会议时间就会延长。"

"咱们有必要这么早来吗？"

"就怕班长回来得早，再把灯一关——咱们可就蹲不到了。"

"你可真是个乖宝宝。"智子一脸无语,把座位调得更低。相崎却用腹肌抬起上半身,再次微调后视镜的朝向。

机关宿舍一楼的起居室拉着窗帘,漏出些许灯光。宿舍两侧挨着秘密酒店和白鹭旅馆的外墙。这栋楼本是东部警署[1]的署长宿舍,谁知周围陆续建起情人酒店,于是本部警务课就将其改成了刑侦干部宿舍,认为这样就不会影响到警方的公众形象了。

"警察查得怎么样了?"智子用慵懒的语气问道,"快破了?"

"啊?"

相崎正在查看传呼机的电量。这一带没有手机信号,所以得动用"古董"才行。

"老太太的案子呀,是不是快破了?"

至少《东洋新闻》和《中央时报》觉得是。

相崎的耳畔响起赤石主任的吼声。

绝不能让别家抢了头条!今晚务必逮住班长,问出疑犯——

《县民新闻》是本地报纸,岂能落于人后?

家住富士见町,以放贷为业的老太太在家中被人勒死已有八日之久。案发后,相崎每晚夜巡,搜集了种种间接证据与现场鉴证材料,好不容易凑出了几篇报道。凶手行凶时使用的迪奥领带

---

[1] 即警察局,相当于国内的公安局。——编者注

仅在法国有售；现场提取到了短发，头发的主人为AB型血；老太太梳妆台上的香水碎了一瓶；院子里有一串令人费解的点状痕迹，仿佛有人踩着高跷走过。可他没法再拖下去了。这些天你追我赶的《东洋新闻》和《中央时报》竟在今天早上双双哑火，没登出任何后续报道。他们十有八九是放弃了没有价值的边角料，决定暂时蛰伏，然后一鼓作气抛出重磅炸弹——头号嫌疑人浮出水面。

"有嫌疑人没？"

"嗯，算是有那么两个。"

"谁啊？"

谁？问题来得太突然，以至于相崎一时语塞。但他随即翻起了脑海中的笔记本。

"一个是老太太的外甥，东胜男。性情粗暴，有七次前科。另一个是手头紧的前夫，天天追着她要复婚。等班长回来了，再问问警方更倾向于哪个。"

"自家人干的啊……跟我的不一样哎。"

"'我的'……？"

验尸官仓石那堪比黑社会的凶狠面容浮现在眼前。智子的发言像极了他的口头禅——跟我的不一样。相崎每每在夜巡采访时抛出自己的推论，仓石都会如此回答。

不过，智子所谓的"跟我的不一样"该做何解——

大脑试图破译时，"第一波"已然杀来。

车灯自县道转来，扫过碎石路面。黑白相间的警车驶入镜中。"看！""嗯。"——也许车里的两人有过这样的对话。警车车速放缓，随即在轻微的刹车声中停了下来。一名制服警官拿着手电筒开门下车。

智子已然搂住了相崎的脖子。呼吸、心跳、皮肉的弹性和酸甜的香味齐齐袭来。

脚步声越来越近。相崎半闭着抽搐的眼皮。手电筒的亮光迅速扫过车内。智子扭动身体，使出浑身解数驱逐两具肉体之间仅有的缝隙。

对方的脚步声渐渐远去，随即传来关门的声响。车里人怕是正嬉皮笑脸道："这两人忙着呢！""让我也瞧瞧呗！"接下来只需记下红色轻型汽车的车牌号，他们便能收工走人了。不管车停在多么不寻常的地方，只要里头坐着的是成年情侣，他们就会睁一只眼闭一只眼。

智子在相崎的胸口咯咯直笑："可算是帮上忙啦。"

"不好意思，每次都麻烦您。"

相崎微微鞠躬，继续用后视镜监视房门。

"没劲，"智子睥睨他的侧脸嘟囔道，然后退回副驾驶座，"你是不是男人啊？"

相崎又不敢坦白自己胯下都冒汗了，只得"呃"了一声，稍微动了动后视镜，随即回到原位。

"下次车震安排在什么时候呀？"

"不算警车巡逻的话,下一次是十一点五十分左右,会有七个人骑自行车经过。"

"哦,是咸菜工厂的晚班工人吧。"

"对。有个戴黑框眼镜的特别麻烦,会往车子里看。如果车里只坐着一个男的,他就会打电话报警。"

"一个糙汉子在情人酒店后面鬼鬼祟祟的,也难怪嘛。"

相崎没有回答,因为后视镜上有了变化。孩子所在的房间亮灯了。班长的独子小丰例行起夜。他应该已经上三年级了,但许是从小娇生惯养的缘故,夜里上厕所还要加奈子夫人陪着。一想到小丰在外可是称霸一方的孩子王,相崎忍俊不禁——就在这时,另一个记忆抽屉突兀地开启。

"嫂子。"

"嗯?"

"刚才聊起老太太的案子时,您说'跟我的不一样'……"

"对啊,跟我怀疑的人不一样。"

相崎的目光从后视镜挪开片刻:"您怀疑的人?谁啊?"

"我可报不出专有名词啊,但范围应该能缩小很多吧。"

相崎再次投来视线。

智子咧嘴一笑。

"我老公可是管着一群专盯警察的记者好不好,社会版我还是会看看的。"

"哦。"

"最早的那篇报道不是附了现场周边的示意图嘛。我都惊了，那家著名的昌子芭蕾舞学校就在老太太家附近哎。"

"对，我打探消息的时候也去过几次。"

"凶手肯定是那里的老师或学生。"

相崎终于还是把头转了过来。

"为什么？"

"为什么？不是你写的吗？哎呀，就是老太太家院子里的神秘痕迹呀，神似高跷印的那些。这年头连小学生都知道警方能通过脚印锁定鞋子的款式。"

相崎一头雾水。

"还没反应过来啊？我的意思是——凶手会跳芭蕾舞，逃跑的时候是踮着脚走的。一嗒嗒，二嗒嗒，三嗒嗒……"

"这也太……"

"怎么？你真当凶手是踩着高跷逃跑的啊？"

"那倒不是……可现场提取到的头发很短……"

"怎么做功课的？找几个芭蕾舞班瞧瞧，半个班的头发都比你短。"

"可女人要怎么……"

"绝对是女的。现场不是还碎了瓶香水吗？那是凶手想掩盖自己的香水味。"

一双清澈明亮得仿佛能看穿脑海的大眼睛介入相崎与后视镜之间。

"不懂了吧？芭蕾舞发源于意大利，但多亏了法国宫廷在十六世纪后期的大力扶持才能发展起来。所以，练芭蕾的人都会去法国装装样子的。"

"哦。"

"至少比起囊中羞涩的前夫和外甥，芭蕾舞学校的人更可能拥有只在法国才能买到的迪奥领带——不是吗？"

"确实。"

"很好，下一步就是缩小范围。芭蕾舞学校总共有多少人？"

"那所学校号称走少而精路线，算上校长昌子也就二十人左右。"

"长发短发大概五五开。"

"那就是十个。"

"用头发验出血型没？"

"AB型。"

"AB型血的占比是多少？"

"在日本人里大约是十分之一。"

"瞧瞧，那不就只剩一个了？再查查专有名词就行了。嗯……我顺便把那个什么，作案动机也说了吧！"

相崎倒吸一口气。

"你一说老师和学生加起来就二十人左右，我心里就有数了。嗯……社会版头条就这么写吧。《老妪谋杀案，校长昌子被捕》《学校经营不善，为钱铤而走险》——怎么样？"

"校长昌子？为钱铤而走险？"

"你傻不傻啊，'少而精'这种话都信。你想想看，这么大一所学校才二十来个学生，怎么开得下去啊？"

相崎的脑海中闪过如市民体育馆一般宏伟，却处处都是裂痕的芭蕾舞学校大楼。

智子注视着相崎，双眸中尽是期待之色。

相崎打破沉默："一会儿我问问班长。"

话音刚落，智子就跟泄气的气球似的沉入座椅："真够淡定的——没劲。"

胯下的汗倒是干了，掌心却已湿透。此时此刻，甲斐主任十有八九正在县警记者休息室里鼾声大作。他那十七个编辑局长奖到底是怎么来的——且不论凶案真相几何，困扰记者已久的未解之谜总算是水落石出了。

3

相崎的手汗尚未干透，"第二波"便从县道拐了进来。

"班长回来了？"

"……不，好像不是。"

相崎凝神望去。醒目的黄色边线划过后视镜。后轮因急刹车打滑，发出刺耳的响声。

"东西出租车……是《中央时报》。"

车门开启,窜出一道发条玩具般娇小的身影。智子也凑了过来。

"哟,是个姑娘呀?"

"她是《中央时报》的新人,花园爱。"

"名字怪可爱的。"

"也就名字可爱了。"

"够酸的呀。"

花园爱毫不犹豫地按下宿舍的门铃。玄关很快便亮了灯。透过半开的门,能看到加奈子夫人端方的侧脸。她的刘海儿用卷发筒夹着。虽然听不到她们的声音,但对话内容能猜个八九不离十。"班长回来了吗?""还没呢。""大概要几点呀?""那就得问凶手了。""问凶手去吧"是加奈子夫人的口头禅。

该问的应该都问完了,两人却还站着说话。哪怕正主还没回来,也要想办法挖出点儿猛料来——这既是花园爱的过人之处,也是她的卑鄙之处。

"班长夫人可真是年轻漂亮啊!"

"她毕竟是当年的县警选美冠军。"

"你也好这口?"

"那倒不是。"

"听说赤石主任当年可迷她了。"

"当真?"

"可不,我老公说的。"

花园爱匆匆鞠了一躬,然后冲向掉了头的出租车。她倒是朝这边扫了一眼,但也仅此而已。因为智子的红色轻型汽车没上其他报社的重点关注名单。

相崎打开夜巡记录本,写下"11:02　时报花园(4分钟)"。

"看她这架势,下一站应该是去指导官宿舍吧?"

"应该是。虽然立原指导官还在养病,但她兴许会厚着脸皮按门铃。"

"咱们为什么不像人家那样到处转转呢?总比窝在这儿强吧。"

相崎正要回答,却被智子的手捂住了嘴。与此同时,车内响起了神似宝冢[1]男角的声音。

"给我听着!那些大报社的记者在这儿混个两三年就能拍拍屁股走人,哪怕是胡来一通,不管什么交情面子,只要能挖出猛料,就能凯旋东京了!可我们本地记者是跟这片土地牢牢绑在一起的。无论你是换岗了还是调去了分局,都得跟警察打一辈子的交道。跟无头苍蝇似的半夜敲门,到处乱转,就永远都得不到他们的信任。警察也是有家人的。说不定人家的老婆正光着身子泡澡,孩子正发着烧哼哼唧唧。脑子放清楚点儿!再想要猛料,都不能按门铃,只能耐心等警察回来。这就是先人的智慧,是我们

---

[1] 指宝冢歌剧团,是日本极负盛名的大型舞台表演团体。——编者注

报社的传统——是这样没错吧？"

连社会部记者的妻子都能把赤石主任的"夜巡训词"一字不差地背下来。

"话说，你们最长的蹲守纪录是多久啊？"

"还没人打破赤石主任的纪录。据说他年轻的时候，在鉴证课长家门口盯了九个小时。"

智子瞠目结舌。

"不过我是真不明白，为什么你也要走赤石主任的老路呢？"

"啊？"

"你上学的时候肯定也是天天跟小伙伴吃吃喝喝玩玩闹闹。可是一进报社，成了专盯警察的记者，就摆出一副'我为独家新闻而生'的面孔，全身上下洋溢着悲壮感——多不可思议啊！"

不可思议的同类一连来了两个，相崎得以回避处于下风的对话，在夜巡记录本上写道：

11:15　读日佐藤（1分钟）
11:18　每朝皆川（

才写了半个括号，相崎便停了笔，死死盯着后视镜中的皆川，似在发射意念。然而，他显然是在白费力气。身材高挑的西装男与加奈子夫人的笑脸一齐消失在宿舍门后。

"哟，他进去了哎！"

"班长夫人会招待他喝杯咖啡。"

"可其他记者都只能在门口——"智子打了个响指,"啊!那位就是传说中的牛郎皆川吧?"

"嗯。"

"选美冠军和牛郎皆川啊……"

如果说花园爱是"正主没回来也要挖出点儿猛料"的记者,那皆川明就是"专挑正主不在的时候上门"的记者。他有一张棱角分明的俊脸,与演员相比毫不逊色,外加一条三寸不烂之舌。生活安全课的警官们都敢打包票说,他要是改行当牛郎,收入立马涨十倍。

问题在于,班长平时会跟夫人分享多少内幕,而夫人又会跟皆川透露多少?

"班长夫人对他很上心嘛。"

"啊……?"

"她把卷发筒都摘了。给前两个人开门的时候可都是戴着的。"

智子的观察力着实惊人。不过根据自己的夜巡记录,皆川总是在这个时间段现身,待上十二三分钟就走。相崎无意为皆川辩护,却也觉得他们在男女关系方面并无苟且。

皆川出来了。门在他身后向内关上。

刚好十一点半。相崎补上"12分钟)",合起本子。

智子仍盯着他俩的绯闻不放:"怪了——刚才还兴高采烈地

把人迎进去，这会儿怎么就不送到门口呢？"

4

十一点五十分，传呼机响了。智子哈欠打到一半，却很是灵巧地用半张着的嘴顺势说道："有人找你哟。"

相崎按掉铃声，垂眸望向显示屏。对方隐藏了号码，也没有留言。他不禁咂嘴。莫非和白天写的那篇珠宝店抢劫案的稿子有关？可是离社会版的截稿时间还有一阵子。那就是发生了大案？太可恨了，这儿怎么就用不了手机呢？会不会碰巧有信号？相崎掏出手机一看，一格信号都没有。附近也没有公用电话亭。

正发愁的时候，传呼机又响了。

"搞不好是有突发案件。"

智子一语道破相崎的担忧。杀人、放火、强盗、煤气爆炸……危险的字眼接连浮上脑海。

假设电话要打三分钟，往返一趟最近的公用电话亭就是十五分钟出头——

相崎横下一条心，开门下车。他蹑手蹑脚溜到宿舍门口，借着漏出来的灯光注视狗道[1]。目光扫了几米后，便找到了他想要的东

---

[1] 日文写作"犬走り"。指设在建筑外围的窄道，因宽度只够一条狗通过而得名。

西——一颗扁平的小石子,直径约三毫米。相崎把石子捏起来,用舌头稍稍舔湿,贴在宿舍前门把手的正上方。准备就绪——

在车里迎接他的是一张兴高采烈的面孔:"我知道我知道,就是那个呗?一转门把手,石头就会掉下来的机关!"

相崎回了一句"传统罢了",在记录本上写下"11:53 蹲守中断",然后发动汽车。

"可万一我们回来的时候石头掉了呢?"

"那就说明班长已经进了家门,只能放弃这边,改蹲回家更晚的主任。"

"那要是班长夫人半夜出来倒个垃圾什么的,门把手不也是会转的吗?"

"那也没法核实。果断放弃也是我们编辑部的传统之一。"

"天哪,都蹲那么久了……"智子拽了拽相崎衬衣的松垮处,"哎,要不我留下来帮你盯着?"

"那怎么行?这么荒凉的地方,再说时间也不早了。"

相崎打着方向盘回答。

"我是无所谓的啦。"

"您无所谓,我可有所谓——"

"不忍心撂下我呀?"

"呃,差不多吧……"

停顿片刻后,"也是呢!"欢快的声音从副驾驶座传来。

相崎刚把车头转上县道,便有一群骑自行车的人拐了过来。

正是咸菜工厂的七个晚班工人。他们要回五百米开外的南大杉新村，途中会路过机关宿舍。热衷报警的黑框眼镜男也在其中，但他貌似对正在行驶的车不感兴趣。

相崎马力全开，沿县道往回走了一千米左右，然后在路边胡乱一停，冲进早已沦为电话俱乐部[1]问讯处的电话亭。

"您好，《县民新闻》社会部。"电话那头响起社会部长的声音。

"我是相崎，是您呼的我？"

"嗯？没有啊，你等等。"

数秒过后，部长满腹狐疑的声音传来："好像没人呼你啊。"

"那有没有发生什么大案？"

"没有，就车祸和小火灾。"

既没发生案子，也没人问稿子。在放心之余，相崎对莫名传呼的怀疑和愤怒不断膨胀。

"赤石主任在吗？"

"赤鬼[2]先生吗？今天轮到他负责晚报，早回去了。"

相崎顿时就泄了气。白天明明是赤石主任下的死命令，让他"今晚务必逮住班长，问出疑犯"，结果自己倒是先回家去了……而且主任和咸菜工人七人组是邻居，也住在南大杉新村

---

[1] 日本风俗店的一种。男性支付会员费后进入俱乐部的单间，接听来自陌生女性的电话。
[2] "赤鬼"为文中赤石主任的绰号。——编者注

的一角。早知道主任在家,刚才就该直接杀过去借电话。如此一来,蹲守的空白时间就能缩短五分钟。

一挂电话,相崎便又打去了县警记者休息室。

不一会儿,甲斐便接了起来:"哟,怎么了?"

"您呼我了吗?"

"怎么会,你不是在夜巡吗?"

"也是,那我先挂了。"

相崎撂下听筒,冲回车里。中计了——他不禁咬牙切齿。

"真发生案子了?"

"不,八成是时报搞的鬼,"相崎粗暴地掉转车头,骂骂咧咧,"时报有个家伙就爱耍这种小花招。不是打别家的手机和传呼机混淆视听,就是半夜三更翻垃圾桶找废稿。"

相崎赶回甜爱酒店的拐角,全程几乎没有刹车。他将汽车一头扎进酒店后方的土路,按部就班地将看出老茧的宿舍前门纳入后视镜中,然后以最快的速度冲向宿舍。

石头——还在门把手上,原样未变。他取下石头,转身对车打了个"OK"的手势。副驾驶座上的黑影好不雀跃。

"蹲守重启　00:10(中途离开17分钟)"

后视镜中的景象全无变化。起居室的暖色浮于黑暗,说明班长夫人正在准备睡前酒,一如往常。

5

蹲守重启已有五十分钟。其他报社的夜巡告一段落，也没遇到需要"车震"的情况。就在相崎的视神经即将罢工的时候，只见车灯从县道拐了进来。

"差不多也该回来了……？"

副驾驶座传来的声音像极了梦呓。

相崎没有作答，继续凝视后视镜。来的是他见惯了的机动鉴证组面包车。深夜时分，它会化身为班车，将干部们逐一送回住处。面包车侧门开启，下来一个身材健壮的西装男——午夜一点整，大信田班长终于归来。

相崎在面包车发动的同时撒腿猛跑，冲着手伸向门铃的背影喊了一声"班长"。

对方却并不惊讶。岩石般的面庞转了过来，注视着前方的黑暗。

"哟，是'县民'的希望之星啊！"

直觉告诉相崎，班长心情很好。

"能否占用您一点儿时间？"

"案件没什么像样的进展。"

班长出言牵制，却也没有要轰他走的意思，甚至露出了一个月都不一定能见着一回的笑容。毋庸置疑，老妪凶杀案的侦查工作已进入最后阶段。

铃铃、铃铃……门内传来金钟儿的叫声。见班长侧耳聆听，相崎赶忙拉回他的心神。

"我只有一个问题，问完就走。"

"什么问题？"

班长的表情仿佛在说，我只想赶紧洗个澡躺下。

"您只需要回答'是'或'不是'就行——凶手是不是芭蕾舞学校的校长田所昌子？"

班长脸上顿时就没了表情。

沉默。

"无可奉告。"

回答得太迟了。看来是被自己说中了。现在发稿，还能勉强赶上早报。

"多谢！"

"哎，等等，进屋坐坐吧？"

班长也意识到露馅儿了，表情略显焦急。

"我今晚没来过这里，也没见过您。这样不就行了？"

相崎半侧着身子，随时准备离开。

"哎，别急嘛，我也没想拦你。你要是乐意，直接用我家的电话发稿都行。只不过——那个昌子校长跑了。"

相崎呼吸一滞，随即顺着呼出的气问道："跑了……？"

"明天下午警方会发通缉令。早报直接点名就太尴尬了。不如这么写吧——《疑犯浮出水面，在现场附近出没的M子》。留点儿余地,怎么样?"

"能提年龄吗?"

"嗯,不碍事。"

如果是这样,相崎也没有异议。早在警方发布通缉令之前,《县民新闻》就已经锁定了真凶——只要让读者……不,是让其他报社的人知道这一点就行。相崎看着班长的眼睛点了点头。

"很好,那就这么定了。你用我家的电话吧,就在门口。"

班长按下宿舍门铃。

门内静悄悄的,无人应答。连金钟儿都没了声息。"睡着了?"班长嘟囔道,又按了一下门铃。还是没有任何动静。起居室的灯明明还亮着。

班长转头看了看相崎,神情略显尴尬,然后从西装内侧的口袋里掏出钥匙,插进锁眼。转动门把手,推开前门。视野顿时一片橙黄。鞋柜和电话架映入眼帘。相崎本想跟上,却被班长宽阔的背脊挡在后头。

"班长?"

"……"

背脊纹丝不动。

不知何故,不祥的预感涌上心头。

相崎踮起脚尖,越过班长的肩膀向里看去。只见短得可爱的走廊尽头,有个女人倒在起居室的地上。她的头上顶着卷发筒。拉长到极点的连裤袜缠绕于脖颈,如涟漪般反射着日光灯的光亮。她睁大的双眸盯着半空中的一点，满是不甘。

加奈子夫人遇害了。

不可思议的是，相崎没有生出丝毫惧意。他所有的情绪都停顿了。不，有无数细微的情绪在潜意识中蠢动不止。它们在不断加速的心跳的驱赶下汇成一团，化作意想不到的词语，直冲天灵盖。

游戏。

对，游戏。

真相昭然若揭。自己两年来废寝忘食的采访，不过是一场游戏罢了。前人的智慧也好，报社的传统也罢，一切的一切，都只是享受游戏的道具而已。

有凶案，就有尸体。

如此理所当然，相崎却是后知后觉。

6

也不知过了五分钟，还是十分钟。

班长抱起睡眼惺忪的儿子。见状，相崎回到车上。

他用尚未走出惨状阴影的凝重语气跟副驾驶座上的智子交代了屋内的情况。智子猛地支起上半身。

"不会吧，怎么可能！我们一直都盯着啊！"

"肯定是去打电话的时候出的事。"

在走回车里的十几步间，相崎得出了这个结论。

智子注视着相崎，眼神中带着挑衅："可打完电话回来的时候，石头不是还在吗？"

相崎顿感双脚一浮。

没错。没人转过那个门把手，也没有破窗而入的迹象。

"我们去赤石主任家。"

无论这是不是游戏，都不能半途而废。相崎抬起座椅，发动汽车，猛挂倒挡。

赤石家离得不远，碎石路很快就到了头。穿过休耕田的农道，经小学的侧面绕过前方的神社森林，宽阔的柏油路赫然出现。南大杉新村的剪影已在道路右前方隐约可见。在丁字路口左拐，第二栋便是。相崎差点儿开过头，赶紧来了一个急刹车。

相崎下车冲进院子。双层小楼早已熄灯。

他按下门铃。四次、五次……无人应门，唯有金钟儿的叫声勾起了脑海中对班长夫人死状的回忆。就在这时，门口的灯忽然亮起，穿裙子的娇小人影映在磨砂玻璃上。人影传来的声音很是纤弱。

"哪位？"

"我是相崎，不好意思打扰您休息了，麻烦开开门。"

"是报社的相崎先生？"

"对。"

门开了,露出麻美夫人紧绷的面容。"咚咚咚……"完美体现主人性格的脚步声自里间传来。来人正是一身睡衣的赤石主任。

"刚发生了一起凶杀案,大信田班长的夫人在宿舍遇害了。"

眼看着赤石那张凶悍的面孔越来越红,完美契合他的"赤鬼"绰号。

"怎么死的?"

"绞杀。用的是连裤袜。"

相崎的目光下意识地瞟向弯腰摆鞋的麻美夫人,眼神落在她裹着连裤袜的膝头。

"好,先发条快讯回社里!"

震天动地的吼声,仿佛宣告新游戏开始的发令枪响。

赤石将贴有"试借"标签的卫星电话塞给相崎,自己则一把抄起座机听筒,派摄像师赶赴现场。

相崎在脑海中构思出一篇约莫二十行的新闻稿,以脱稿口述的形式将"机关宿舍凶杀案"的快报发回社里。时间、地点、被害者、尸体的情况……金钟儿叫个不停,仿佛是受了死者怨气的驱使。

"完事了就回现场,先搜集验尸和鉴证的新闻素材!"

赤石叉腿而立,发号施令。相崎向惶恐不已的麻美夫人鞠躬致意,抓起卫星电话便冲上了车。回归游戏场。他的胸口隐隐作痛。

7

现场早已面目全非。

大量警车的红灯交相辉应。警官们杀气腾腾，扯着嗓子呼来喝去。

相崎整个人一分为二。半个他是离机关宿舍最近的案件相关者，另外半个则是奉命采访新案件的记者。警官们被接连吸入宿舍之中。班长不见踪影，想必正守着尸体……不，是他的妻子。

一个男人走出宿舍，纤瘦的身体直叫人联想到枯树。那便是验尸官仓石。

此人天生面相凶狠，浑身上下散发着危险的气息，于是记者便送了他一个拿姓氏谐音做文章的雅号：危机仓石[1]。平时上门拜访，仓石总是平易近人，没有一点儿架子；今晚的他却是名副其实的"危机"，拒人于千里之外。只见他提着个塑料虫笼。虫笼里莫非是刚才在门口叫了几声的金钟儿？

"发什么呆呢！"相崎的背后传来智子的声音，"这下有意思了，快看二楼！"

打开月牙锁的脆响自二楼右手边的房间传来。一扇窗户应声开启，好几个手持鉴证设备的课员探出头来。智子的指尖转向左手边房间的窗口。房里亮了灯，窗帘后现出几道人影。

---

[1] "危机"的日文发音"kuraishisu"与"仓石"的日文发音"kuraishi"非常相似。

"那是最后一扇窗——我一直盯着呢。起居室、儿童房、后门和浴室的窗户都是锁着的。"

最后一扇窗。课员拉开窗帘,"咔嚓"月牙锁开启的声响传来。

"都锁着……"

"没错!宿舍的所有门窗都从里面上了锁。夫人就死在这样一间屋子里。"

扑通。相崎的心脏猛然一跳:"不会是……"

"错不了。我们亲眼见证了一起密室凶杀案!"

"这也太扯了……"

"哪里扯了,这密室还是你的手笔呢。"

"我的手笔……?"

"别慌。"智子稳住相崎,翻起原先夹在腋下的夜巡记录本,天知道她是什么时候拿出来的。"赤石"字样的印章上下浮动,随即骤然停止。白皙的手指,指着记录中的一行字。

"你看——最后一个来夜巡的是皆川。他是十一点半走的,当时班长夫人还活着。班长是午夜一点回来的。也就是说,她是在这一个半小时里遇害的。就在我们盯着的这栋宿舍里。"

"可……"

"没错,凶手很可能是在我们去打电话的那十七分钟里下的手。这是最说得通的解释。但你创造了一个密室,放在门把手上的石头,牢牢守住了那个密室。"

相崎逼自己咽下蒸发殆尽的口水,指着宿舍门口说道:"按下门内侧的按钮,再把门一带,那扇门就能锁上。"

"但凶手出来的时候总会转内侧的门把手吧,石头怎么就没掉下来呢?"

"也许是碰巧没掉。"

智子没有搭腔。

"相崎,你一直都盯着后视镜吗?"

"嗯。"

"没打瞌睡吧?"

"没有。"

"那就意味着——"

智子的嘴正要做出下一个口型,背后忽有声音响起——

"你们两个!"只见车边站着几个便衣。在"第一波"时撞见两人"车震"的制服警官也在后头。他们八成是在得知凶案发生后急急忙忙上报了红色轻型汽车的车牌号,而查询中心刚刚回复了车主信息——甲斐智子。

8

凌晨三点二十分。

县警本部大楼融于黑暗之中。相崎和智子被带去了铺着厚重地毯的刑事部接待室。搜查一课课长高岛与指导官助理持田坐在沙发上,神情凝重。相崎略略发怵,智子却淡定如初,照警官说的在沙发上落座。相崎便也有样学样。

"不好意思啊,相崎先生,"高岛眯起眼睛柔声道,"麻烦二位大老远跑这一趟。"

此人从不把年轻记者放在眼里,相崎的名字恐怕也是案发后才知道的。

"我们已经把知道的都告诉了重案主任。"

他们在东部警署的硬椅子上坐了整整一个小时,翻来覆去回答同样的问题。本以为问话还要持续好一阵子,没想到本部突然要人,重案主任不得不咬牙切齿地将他们送来。

"我们想听二位亲口说说,毕竟遇害的是警队干部的家人。"

倒也是人之常情。相崎点了点头,打开夜巡记录本,娓娓道来。每一段都跟重案主任讲过好多遍了,自然是一气呵成。

粗略讲完后,只见高岛用笔的后端顶着自己的眉心,抬眼望向相崎。

"有没有看到关门的手?"

"手……?"

"就是每朝报社的皆川先生离开宿舍的时候。您刚才说,'皆川先生出门以后,门从里面被拉上了'。"

"没错。"

"我刚才问的就是,您当时有没有看到夫人关门的手?"

相崎立刻意识到，皆川此刻就身在审讯室。警方又岂会相信这是一起密室凶杀案。牛郎皆川因情感纠葛杀害了班长夫人。他在出门前按下了门内侧的按钮，再把门带上——这便是警方构思的案情。

"怎么样，看见没？"

相崎不知该如何作答。他没看见夫人的手，但很确定门是从里面被人拉上的。

"门确实是从里面被拉上的。"

"手呢？"

"……不记得了。"

高岛和持田双双沉入沙发。

"呃——"智子开口说道，仿佛这就是她守候已久的时机，"别光问问题嘛，也透露点儿消息给我们呗。"

高岛顿时就蒙了，尴尬地清了清嗓子。

"比如？"

"夫人大概是什么时候死的？"

高岛嗤之以鼻。

"得解剖了才……"

"那就透露一下夫人的直肠温度嘛，这总归是当场量过的吧？"

"下降了四摄氏度左右。"声音来自身后。回头望去，竟是抱着胳膊的仓石验尸官。

"是什么时候测的？"智子追问道。

"凌晨一点半。"

"仓石——"

高岛厉声制止，却为时已晚。这个季节的直肠温度大体是死后每小时下降两摄氏度。温度是凌晨一点半测的，可倒推出死亡时间大约是两小时前，也就是晚上十一点半前后，刚好是皆川离开宿舍的时间。难怪警方揪着皆川不放。还有一点，凶案发生在相崎他们去打电话之前，发生在他们紧盯着的宿舍里。凶手究竟是什么时候溜进去的，又是在什么时候逃了出来？等等，难道真是皆川干的吗——

"问过瘾了就回去吧。"仓石如此说道。他脸上的表情仿佛在说，配合警方调查的回礼到此为止，又好似预示着他心中暗藏着比验尸结论更重要的发现。

9

《中央时报》的花园爱守在县警本部大楼的门口。她毫不客气地打量着智子，同时抛出最擅长的冷嘲热讽。

"我夜巡的时候，你就在旁边看热闹是吧？"

脱口而出的下一句话更是莫名其妙："做笔交易吧。"

"交易？"

"嗯。你告诉我你看到了什么，我告诉你我夜巡的时候跟班长夫人说了什么。怎么样？"

"你跟夫人说了什么……？"

"想得美，你先说。"

相崎拒绝了她的提议。本以为自己早已收起了对游戏的反感，却还是提不起劲来与兴高采烈投入游戏的同行同流合污。再说了，他实在是困得厉害。

东方已现鱼肚白。相崎走回车边，打开车门。她不会……回头望去，智子果然跟花园爱聊了起来。

相崎放倒座位，闭上双眼。

作案时间是问出来了，可是……为什么身在宿舍正前方的相崎他们没察觉到任何不寻常的动静呢？夫人是被人勒死的……如果凶手是从背后偷袭的，搞不好她还没来得及喊出声就……倒是有可能。

智子风风火火地坐进副驾驶座，赶跑了陪伴相崎的睡魔。

"那姑娘真是牙尖嘴利的，但班长夫人说的话好歹是打听到了。"

"夫人说什么了？"

"她跟那姑娘说：'傍晚的时候有人打电话来我们家，却死活不吭声，真是恶心死了。你平时也是一个人住吧？那可得小心点儿。'怎么样？"

这算惊人的重磅情报吗？不好说。

"这话点醒了我。我们之前认定案子是从牛郎皆川出现开始的,但我觉得吧,有必要再往前推一推。不光是时间。怎么说呢,得站在更高的维度审视全局——"

睡魔卷土重来。

"这回我们也跟案子扯上了关系,必须客观审视自己的行为。只有这样才能认清案件的全貌。"

10

《县民新闻》的"机关宿舍凶杀案前线采访基地"设在了赤石主任家。

相崎小睡了一个多小时。他飞速写好了晚报的稿子,转战主任家时已过正午。主任和同事们不见踪影,唯有麻美夫人站在厨房,默默捏着饭团。今年刚上小学的和夫一只手攥着母亲的围裙下摆,另一只手则试图从冰箱里拿出盒装牛奶。

相崎打了声招呼,声音却被恰好飞过上空的直升机的轰鸣所淹没。拎着超市购物袋的智子穿过走廊。她把袋子和零钱递给厨房里的麻美夫人,摸了摸和夫的头,对相崎使了个眼色,示意"去门口聊"。

"睡够了?"

"嗯。"

"有情况没?"

"听说每朝报社的皆川被放出来了。"

"不放人哪行啊,牛郎皆川可是清清白白的。"

智子轻描淡写,相崎却吃了一惊。

"怎么说?"

"你不也看到了吗?班长夫人迎他进屋的时候明明摘下了卷发筒,可尸体戴着卷发筒啊!"

"啊……"

死人没法自己戴卷发筒。换言之,皆川告辞时,夫人还活着。她是在重新戴上卷发筒后遇害的——

相崎下意识用了诘问的语气:"你昨晚怎么不说?"

"给他点儿教训嘛。想靠色相挖猛料的臭男人就该关在小黑屋里反省反省。"

相崎只得点头。

"我也好想去夜巡哟。"

"啊?"

"昨晚不是来了个叫仓石的嘛。我有种直觉,我俩肯定是一路人。"

一个念头掠过脑海。仓石和智子双剑合璧,搞不好能把全国的悬案都破了……

"使不得使不得,那可是危机仓石啊。"

"什么危机仓石?"

"呃,仓石警官跟好多人传过绯闻……"

"哎哟,当真啦?谁要去啊。不扯这些乱七八糟的了,你琢磨过我说的客观视角没有?"

相崎琢磨过,但全无头绪。

"我琢磨来琢磨去,总算是想明白了。客观审视自己,说到底就是思考自己扮演的角色。"

"角色……什么角色?"

"在案子里发挥的作用呀。"

"您是说那颗石子?"

"那当然也是一方面,还有——"话语戛然而止。

熟悉的铃声随风飘来,不知是上课铃还是下课铃。片刻后,便传来了孩子们银铃般的欢声笑语。智子把头转向声音的来处,飘舞的发丝覆上脸颊。

相崎倒吸一口凉气。

智子瞠目结舌,纹丝不动。那是一双写满战栗的眼眸,仿佛她刚发现了什么不得了的秘密。

学校的铃声,孩童的欢笑。

战栗也涌向了相崎。

两人同时回头望向厨房。上一年级的和夫仍紧紧抓着麻美夫人的围裙,夫人裹着连裤袜的小腿微微反光。

"辛苦了!"身后传来赤石主任的声音。

相崎和智子却没有转身。

因为他们明白了——明白了自己在案件中发挥的作用。

11

两天后，赤石主任因涉嫌谋杀被捕。

相崎和智子也在场。他们劝赤石自首，赤石死活不答应。相持不下时，手握逮捕令的警官们杀进了赤石家。见大势已去，赤石撂下一句"你来写"，随即消失在警车的后座。

机关宿舍凶杀案，就是一场遵循"前人的智慧与传统"的游戏。

案发当天，赤石上完早班后先回了趟家，然后步行前往班长入住的宿舍。他偷偷绕到宿舍后方，用报社拿回来的卫星电话给班长家打了一通无声电话，在班长夫人去前门接电话时趁机从后门溜进房中，在二楼的壁橱中悄无声息地躲到了午夜时分。唯有九小时蹲守纪录的保持者，才能想出这样的计划。

相崎奉赤石之命来到班长家门口蹲点。赤石则在壁橱里等待准点到访的来客。夜巡记录都要经过他这个主任审查，所以他知道和班长夫人传出绯闻的皆川会在何时登门。喝了咖啡的皆川刚走，他便下到一楼，杀害了班长夫人。

接着，他用卫星电话呼叫相崎，而且是连呼两次，让相崎误以为有重大案件发生。他趁着相崎赶往公用电话亭的工夫打开前门的门锁，再走后门离开宿舍，从外面绕到前门，拿起门把手上的石子。然后再走进宿舍，锁上后门，穿过走廊，自前门逃离现场。临走时按下前门内侧的按钮，再把门带上。最后将石子放回外侧的门把手上，密室就大功告成了。

多么完美的游戏。

然而，后续环节破绽频出。

得知班长夫人遇害后，相崎和智子赶往赤石家。家里一片漆黑。听到动静冲出来的赤石穿着睡衣。麻美夫人却穿着裙子，连裤袜也穿得好好的。许是夫人隐约察觉到了丈夫的所作所为，所以惊慌失措，惴惴不安，连衣服都没换，熬到了深更半夜。

赤石家的异样也为相崎和智子提供了挖掘案件背景的线索。学校的铃声与孩子们的欢声笑语……那天明明是工作日，和夫却没去上学。他没有卧病在床，而是在厨房里跟母亲撒娇。班主任老师告诉他们，和夫受尽了班长的儿子小丰的欺凌，他已经有好一阵子没去上学了。

根据赤石本人的供述，班长夫人将夜巡的记者称作"苍蝇"，骂他们成天嗡嗡叫，吵得人不得安生。小丰有样学样，把"苍蝇的儿子是蛆""蛆就该趴在粪便上"挂在嘴边，每天让和夫在地上爬。和夫从小体弱多病，眼看着湿疹就快养好了，却又被诊断出了哮喘，动不动就得上医院。和夫却总是笑嘻嘻地跟大人说："上学可有意思了。"

所以我杀了她——赤石如是说。他决意杀害班长夫人，让她的儿子小丰品尝人世间最极致的痛苦。他制订了计划,并付诸实践。

领导成了罪犯,自己则要报道此案。相崎觉得自己看到了记者工作绝非儿戏的一面。他必须做好思想准备。也许有朝一日,他的至亲与好友也会沦为新闻素材。

唯有一点,他始终都想不明白。

警方是怎么怀疑上赤石的?

逮捕令的到来是那样突兀。当时,相崎他们甚至还没有查到和夫受欺负的事情。警方哪儿来的头绪?相崎的脑海中浮现出仓石验尸官提着的金钟儿。

为了问个明白,智子真杀去了仓石的宿舍。她说仓石太难对付了,把她忽悠得找不着北。话虽如此,她的心情却好得出奇。据说仓石只透露了些许金钟儿的习性。金钟儿喜欢待在暗处,适应能力很强。一旦适应了周遭的环境,就不会因为一丁点儿动静就停止鸣叫。即使停顿片刻,也很快会重整旗鼓——

案发当晚,班长一按宿舍门铃,金钟儿就不叫了,就此不声不响。这说明金钟儿被放在门口的时间应该不长。仓石也许做出了这样的推测——凶手一定是提前上门奉上了金钟儿,以便摸清门口电话的位置。在采访本案的过程中,相崎了解到某县的记者圈子里有"金钟儿外交"的说法,说白了就是送采访对象金钟儿,权当是见面礼。好酒或棒球比赛的门票过于贵重,对方不太敢收。可换成金钟儿,人家就不会过于抵触。也许仓石早就知道

075

记者圈有这样的惯例。

假设"赤石给班长家送了金钟儿",则会牵出一个反问:为什么赤石没有拿走金钟儿?就算他不会犯下"在虫笼上留下指纹"这样的低级错误,但遗留在案发现场的相关物品总归是越少越好。

莫非是赤石找过,但没找到?相崎当时确实听到了虫鸣,却不记得自己在门口看见过虫笼。虫笼被人收了起来,金钟儿因赤石行凶时的动静和脚步声保持沉默。赤石听不到金钟儿的声音,也没有足够的时间翻找。再磨蹭下去,相崎就要回宿舍了。于是,赤石到头来还是没找到金钟儿。

那么,虫笼究竟在哪儿?

在鞋柜里——这就是相崎眼下得出的结论。借用仓石的说法,金钟儿喜欢待在暗处。班长夫人也许是知道金钟儿的习性,也许是厌烦赤石的"金钟儿外交",便把虫笼随手塞进鞋柜了事。即便如此,仍有许多未解之谜。最令人费解的是,智子见过仓石之后,就再也没聊起过这个案子,天知道仓石给她施了什么魔法。

案发十天后,有消息称警方在赤石家的外廊查获了饲养金钟儿的盒子。目前还不清楚赤石究竟有没有给班长家送过金钟儿,也不知道他和县警选美冠军之间有过什么前尘旧事。

自家主任成了杀人犯——鉴于事态的严重性,《县民新闻》要求社内记者不得针对此案开展夜巡采访。

盆栽识女人

1

他的吻,宛如魔法。

在嘴唇相触的刹那……不,光"快要碰到了"这个念头就能生出淫靡的电流。电流在全身奔腾,勾起种种快感,连心都变得麻木、无力、晕眩。难以言喻的陶醉。我离了他就活不下去。然而——

都半个月没通过电话了。主动打过去的电话也都被转去了语音信箱。他是想甩了我吗?还是已经有了新欢?

裕子揣着憔悴的念想,走上公寓的外楼梯。冬天匆匆而至。无情的北风拍打着她的脸颊。

来之前本该先联系的,可谁叫她联系不上他呢。裕子违背了两人的约定,用备用钥匙打开房门。深夜十一点。六叠大的里间亮着灯。她蹑手蹑脚,轻轻打开推拉门。好暖和,暖到觉得热。墙上的空调开着。他躺在小号双人床上,睡得正香。身边没有别的女人,至少此刻没有——

玻璃桌上放着一盆一串红,那是裕子之前在早市上买了送他的礼物，五六片鲜红的花瓣散落在桌面。

——怎么会！

房中温暖如南国，花怎么会掉呢？在短短两个星期前，一串红还是那样鲜嫩欲滴，仿佛是在讴歌降生于尘世的喜悦。此刻，红花却已是凄惨凋零，好似在宣告这段恋情的终结。

不祥的预感总是那么准。

枕边的烟灰缸里有无法撼动的铁证。堆成小山的烟蒂里，其中一支的烟嘴被染成了红色。红得那样鲜艳，衬得一串红的颜色都暗淡了几分。对自己的魅力满怀信心的女人，就会毫不犹豫地用这种颜色的口红。那鲜红的嘴唇，碰触到了他丝般柔滑的嘴唇。那个女人尽情品味过那淫靡、甜蜜又充满魔力的吻——

扑通。裕子双腿一软，瘫坐在地，如坠深渊。恍惚、绝望，甚至无力哭泣。

她伸手拿起桌上的杯子，大口喝下剩下的三分之一杯威士忌。她被呛到了。一扭头，昏暗的窗上便现出影子，裕子轻声尖叫。光影勾勒出的分明是个老太婆。

四十五岁……能以女人自居的时间已所剩无几。裕子望向他的睡脸。她再一次认识到——他是如此性感，在街边酒馆都能勾住大批女人的目光。这样一个人，真会爱上一个在约会网站上认识的、比他大一轮的女人吗？

深夜十一点半……得回去了。一个是把"肚子怎么还没动静啊"挂在嘴边，念叨了她整整十八年的婆婆；一个是至今惦记着婆婆做的菜的妈宝老公。他专挑不容易怀孕的日子，将冰冷的身体和冰冷的心强压在裕子身上，却强迫她独自接受不孕治疗，一年又一年。我受够了——这么简单的一句话，怎么就不敢对丈夫说呢？工具、傀儡、奴隶。都这样了，还是得回那个家吗？

午夜零点……末班车开走了。裕子凝视着他的睡脸。他肯定喝了很多酒，睡得好沉。也许是和新的相好放纵过度，精疲力竭了。午夜一点……一点半……裕子泪流不止，都不知道自己是伤心还是悔恨了。

两点……裕子从包底掏出一个小药瓶，里面有一粒胶囊。那是她网购的氰化钾。这年头，连这么可怕的东西都能轻松搞到手……我总有一天会服下它的。她隐约有过这样的念头。要不用在丈夫和婆婆身上？她也有过这样漆黑的想象。不过此时此刻，她觉得氰化钾这东西，打从一开始，自己就是为了将他占为己有才买的。

新的女人……适合鲜红唇膏的女人……显然不是小姑娘，肯定是成熟的女人。她毫无胜算。任她如何挣扎，都不可能将他拉回来。人到中年，人老珠黄。除了死缠烂打别无所能的女人，因为怕长皱纹都不敢尽情欢笑的女人……

裕子把胶囊含在嘴里，跪着爬到床上。他的睡脸近在咫尺。

——对不起啊……我就是不想让别人吻你。

裕子闭上双眼，把脸凑上去。嘴唇越来越近，她能感觉到男人的气息。唤醒快感的微电流如约而至。身体的核心顿时燃起一团火,袭来一阵令人眩晕的快感。电流横扫全身,贯穿骨肉,身心渐渐麻木。他们的关系只持续了半年,然而在她心里,这就是唯一的爱恋,无可替代。人海茫茫,他却是她唯一爱过的男人。他甚至对她说过:"你真可爱。"

——一起走吧……好不好……求你了……

裕子覆上她的唇。

交叠的嘴唇一阵刺痛。与此同时,她用后牙咬碎了胶囊,宛若雷击的冲击正中后脑。裕子感受着逐渐远去的意识,将唾液喂进他的嘴里。最后的深吻——

足以致死的氰化钾进入两人体内。他的四肢如铁棍一般绷紧,裕子则紧紧抱住他的身体。我懂,我也一样。巨大的怪物现于体内,獠牙、利爪和火焰疯狂肆虐。在痛苦的顶点……不,就在她痛苦到感觉不到痛苦的时候,不可思议的景象映入眼帘。

枕边的烟灰缸……留在烟嘴上的红印……不、不是红色,是酒红色的……不,更接近深棕色……口红的颜色变了。怎么回事……?

在气绝的刹那,裕子想明白了。但她转念一想,没关系,这样便好。在与他的亲吻中死去。反正往后的人生中,也不会有比这更幸福的死法了——

2

天已大亮，北风却依旧呼啸。

上午十点，助理验尸官一之濑抵达现场。

一号死者：筒井道也，男，三十三岁。朝日电气L工厂产品管理组长。独自派驻本县，妻儿留在东京。

二号死者：小寺裕子，女，四十五岁。折扣店兼职店员。与丈夫、婆婆同住在山根市内。

一旦查明身份，便不难推测出大致案情。有妇之夫与有夫之妇有了奸情，越陷越深，最后双双殉情。不过——

一之濑甩掉先入为主的念头，投入验尸工作。紧张与奋勇更胜平时。希望今天能得出完美无缺的结论。在仓石调查官到达前，搞清这间屋子里发生过的一切。不容许出现任何差错。这是"仓石学校"的毕业大考。之所以抱着这样的心态来到现场，是因为搜查一课课长高岛三天前私下里问他："你愿不愿意调去警察厅？"

高升——

一之濑摒除杂念。

筒井道也的尸体就在床上。仰面朝天，形容骇人，临死时的痛苦可见一斑。床边不远处的地上则是另一名死者小寺裕子。身体侧翻，表情倒是平静，甚至带着一抹似有似无的微笑。除了面部表情的差异，两者呈现的尸体现象高度相似。面部与尸斑均呈鲜红色，嘴唇严重溃烂，呕吐物和排泄物带有特征明显的苦杏仁味。一之濑让鉴证专员做了氰化物检测，果然在两人的口唇测出了强碱性附着物。

十有八九是用氰化物殉情。不过问题是，殉情是否建立在双方同意的基础上。筒井穿着用作睡衣的运动衫，裕子却是一身上班的打扮。现场也找不到在此类案件中极为常见的"最后一次情事"的痕迹。此外，裕子的右上胸有一处鸡蛋大小的击打伤。结合"裕子死在床下"这一点来看，极有可能是筒井在痛苦挣扎时推开了裕子。

小寺裕子单方面发起的殉情——这便是一之濑得出的结论。

片区的刑警接连上报支持这一结论的线索。警方调查了裕子在公司使用的电脑，发现了她浏览贩卖毒药的地下网站的记录。昨晚十一点左右，有公寓居民目击到她带着心事重重的表情走进这间屋子。

而筒井也跟同事提起过他与裕子的关系。裕子是他在约会网站勾搭上的熟女人妻。他只是玩玩，对方却动了真情，这叫他很是头疼。要是现在提分手，天知道她会怎么闹，只能冷处理，和她保持距离。在派驻结束、回东京总部之前，说什么都得和她断了——

这些线索让一之濑心满意足，但与此同时，也有某种苦涩的念想涌上心头。筒井的冷血无情他感同身受，了然于心。了断婚外恋，一之濑也有过同样的心路历程。

筒井将"东京"视为转机，这也在一之濑的心头激起了涟漪。调往警察厅刑事局——这是一个极具吸引力的提议。如果要去，那肯定是先从现在的警部职称升成警视职称后再去，镀金，前途一片光明。换作不久前的一之濑，定会当场答应。

他当然是打算去的，却以家庭为借口，让课长给他一点儿时间考虑。原因只有一个：他摸不准顶头上司仓石的反应。

仓石以犀利的验尸之眼在刑事部内自成一派，不容他人干涉。他敢面不改色心不跳地回绝上级的命令，旁人看着着实痛快。一之濑却是唯恐失败，在组织里小心翼翼往上爬。仓石的蛮勇对他造成了一连串的文化冲击。在跟着仓石的两年半里，他也梦想过做仓石那样的独行侠，不受组织的束缚。然而——

上级领导当然看不惯组织中的异类，尤其是那位心高气傲、也当过验尸官的高岛课长。众所周知，高岛对仓石深恶痛绝。调任的事先别告诉仓石——高岛如此叮嘱。一之濑有种被逼着站队的感觉。言外之意，你是选仓石，还是选我高岛？

高岛是刑事部的精英，走的是组织中枢的康庄大道。大家都认定，他要不了几年就会当上部长。一之濑决意已定。他终究没法像仓石那样活着。他也深知，自己不是那种甘愿把去东京的车票让给竞争对手的人。只怪他认识了仓石，所以对"选择一条完全基于利益得失的路"生出了羞愧之心。归根结底，他是想昂首挺胸地离开。"你已经是个像样的验尸官了，可以毕业了。"他想带着仓石的认可离开——

"阿一，发什么呆呢。"

一之濑惊而回头，仓石的脸就在身后不远处。他的脸严重浮肿，昨晚肯定喝了不少。早上打电话去他的宿舍，却没有人接。手机也打了好几次，他才用带着起床气的声音接起来。天知道昨晚他是在哪儿过的夜。仓石年轻时离了婚，这些年一直单着，但一之濑也知道，愿意照顾仓石起居的女人不止一两个。

"这屋子怎么热得跟夏天似的。"

仓石环视四周，喷出一股股带着酒味的气息。这并非无关痛痒的寒暄。"七分现场，三分尸体"素来是仓石的验尸哲学——

"之前空调一直开着。"

"几摄氏度？"

"我进来的时候是二十六摄氏度。"

放心，没有疏漏。一之濑如此说服自己，跟上查看室内各处的仓石。

"没有打斗痕迹。一串红倒是掉了好几朵，但没有被人晃动的迹象，茎也快枯了，应该是自然凋落的。"

"嗯，确实。"

"那个杯子上有两名死者的指纹。杯口还有裕子的口红印。"

"是把氰化物下在酒里喝下去了？"

"不，酒杯里只检测出了酒精，没有氰化物——据我推测，死者应该是直接咬碎了装有毒物的胶囊。胶囊可能是通过落在手提包边上的小药瓶带进来的。"

仓石似乎接受了这番推论。他默默勘验了一阵子，然后慵懒地动了动头颈，转向一之濑道："说说你的结论。"

"是——"

一之濑咽下唾沫。"仓石学校"的毕业大考正式开始。

"本案系小寺裕子强迫筒井道也殉情。昨晚十一时许，裕子以备用钥匙擅自闯入，将胶囊中的氰化物嘴对嘴喂入醉酒熟睡的筒井道也的体内，致其死亡。与此同时，她本人也死于氰化物中毒。至于死亡时间，综合考虑两名死者的尸僵进展、体温下降幅度、角膜混浊程度和室温等因素，应为凌晨两点左右。"

仓石投来犀利的目光。

"怪了。"

"啊……？"

"十一点闯入，两点才死。这女的在这三个小时里忙活什么了？"

一之濑的脑海顿时一片空白。

裕子干了什么？他怎么可能知道！这已然超出了验尸官的推测范围。

"……不知道。"

"那你怎么看留有两人指纹的酒杯？"

"我认为是裕子喝了筒井剩下的酒。"

"为什么？她在这儿待了足足三个小时。假设他们在一起喝酒不是更自然吗？"

"酒杯上只有一处口红印。指纹也表明,裕子只拿起过一次酒杯。"

滴水不漏的回答帮一之濑拾回了镇定。他在切身实践"七分现场"。验看尸体前,他对室内各处进行了彻底的调查。照理说,就算是仓石,也挑不出什么毛病。

谁知,仓石的问题再次出乎一之濑的意料。

"为什么是昨晚?"

"啊……?"

"我问,女的为什么在昨晚下手?"

"呃……因为情感纠葛……"

"没问你这个。照你的推论,女的在屋里待了足足三个小时,却没有叫醒睡着的相好。不谈分手也不埋怨,冷不丁就拉着人家殉情了?"

"这……"一之濑一时语塞。确实有些说不通。

"怎么了?你来解释解释。"

"……两人是不是早就谈过分手了?"一之濑以臆测搪塞。

不,肯定是这样,只是片区刑警还没查到。筒井已经跟裕子提了分手,裕子拒不接受,两人牵扯不清。若真是如此,"裕子早有拉上筒井自杀的计划,来到筒井家后犹豫许久,最终付诸实施"就说得通了。

仓石怒目道:"少他妈瞎编!"

一之濑僵住了。他感到一股微弱的怒火在紧缩的心脏旁升起。

为什么在昨晚行凶？动机？犯罪的导火索？查明这些不是刑警的工作吗？仓石是说中了杀害相泽由香里的凶手，可他靠的不是验尸技巧，而是开门的声响。单靠验尸是无法阐明一切的。这个现场也是如此。判定是自杀还是他杀，明确死因和作案情况，推测死亡时间。他已经准确无误地查明了能通过验尸掌握的事实，为什么仓石还揪着他不放？

——难道他知道了？

仓石通过某种渠道得知一之濑即将调动，因此大动肝火。毕竟建议一之濑去东京的是高岛课长，所以仓石很是不爽。再加上一之濑没把这事告诉他，于是他就更烦躁了。兴许是觉得被下属驳了面子。难道他平日里的放荡不羁都是装出来的，心胸狭窄才是他的真面目？不为升迁的下属高兴，反而将怨气带进了验尸现场——

失望感在胸口弥漫。

一之濑直视仓石的眼睛。

"调查官——我们不可能靠验尸查明犯罪动机和诱因。您应该比谁都清楚这一点，不是吗？"

"如果我告诉你，我能看出来呢？"

一之濑瞠目结舌。

他能看出来？

仓石尖锐的目光近在眼前。

"阿一，你验尸是为了谁？"

"啊……？"

"涉及婚外恋的殉情并不稀奇，这样的糟心事随处可见。可即便是随处可见的糟心人生，对死者而言也是仅此一次。别偷懒。只要是能在验尸环节挖出来的，一件都不能落下。"

一之濑无言以对。

仓石的意思显而易见。这是一场不完美的验尸。让仓石动气的并非调往警察厅一事，而是自己给出的验尸结论。

可这究竟……

"调查官——"

话没说完，片区的年轻刑警冲入房间："报告！小田切市的一户民宅发现一具非自然死亡的尸体，还不清楚是自杀还是他杀。高岛课长请您赶紧去一趟。"

仓石扭头道："你是说，课长在现场？"

一之濑一阵忐忑。

本部搜查一课的课长先于验尸官到达现场——这种情况非常罕见。顺序完全颠倒了。通常情况下，发现无法确定是自杀还是他杀的尸体时，是验尸官先到现场做出判定，确定是凶杀案后，搜查一课的课长才会赶赴现场。毕竟课长是刑事部的关键人物，本县的所有大案均由他坐镇指挥。如果连自杀和意外的现场都要去，他就无法集中精力侦破亟须调查的要案了。

然而此时此刻，搜查一课的课长高岛竟在现场等待仓石，还是在案件性质尚不明确的情况下。

直觉告诉一之濑，高岛定有所图。仓石兴许也有同感。只见他讶异地皱起眉头，一把抓起验尸工具包。

还是先跟仓石打个招呼为好。一之濑仿佛被人推了一把，开口说道："调查官。"

"嗯？"

"是这样的，前两天高岛课长私底下问我，愿不愿意调去本厅。"

望向一之濑的眼眸浮现出几许惊讶之色，看来仓石是真不知道。

"哦。"

反应仅此而已。

一之濑怀着复杂的心情，目送那消瘦到极点的背影走入呼啸的寒风中。

仓石与高岛的矛盾，将对一之濑的处境和未来产生深远的影响。为照顾仓石的情面，他道出了高岛让他隐瞒的调任一事。焦虑涌上心头，他的掌心和额头冒出冷汗。

可是……

一之濑回望案发的房间。

现场仍在眼前。

"你验尸是为了谁？"

他的心思早已被仓石洞穿。

为了自己。

——不,不光是为了自己……

一之濑深吸一口气,深到胸口生疼,然后猛然呼出。他再一次环视四周。

大屏幕电视、带传真功能的电话、双人沙发、日历、台灯、收录机、手提包、药瓶、玻璃桌、酒杯、威士忌酒瓶、一串红盆栽、烟灰缸、床,还有两具尸体……

"随处可见的糟心人生。"

"仅此一次。"

"只要是能在验尸环节挖出来的,一件都不能落下。"

他恍然大悟,这才是毕业大考的题目。

可是该从何查起?全无头绪。在一之濑眼里,这间狭小的公寓无异于既没有地图,也没有标识的茫茫荒野。

3

冷寂的神社后方的平房民宅,通往地下室的楼梯,布满尘土的藏书室,一具男性尸体——

搜查一课课长高岛在现场转了一圈,坐回了停在附近空地上的专车后座。片区的初步判断是"他杀",但高岛实际查看现场后,发现了许多否定这一推论的元素。

"仓石还没到?"

司机匆忙转身："说是去了另一处现场，应该快到了。"

"让他赶紧的！"

出现场的顺序颠倒了，却并非忙中出错。若是显而易见的他杀，就没有必要等验尸官来判定性质。搜查一课课长会以最快速度赶赴现场，启动调查工作。这次的地下藏书室的现场似乎就属于这种情况。最先发现尸体的人、闻讯赶来的派出所巡警和片区的刑事课员都认定这是一起凶杀案，所以才上报了本部。

也难怪。连做过四年验尸官的高岛都一度以为是他杀。慢着，还是让下面的人按他杀查下去吧，以防万一。接下来就看仓石怎么判断了。那家伙看了这个现场，他会得出怎样的结论？

一个念头涌上心头。

——看我不扒了你的皮！

指挥调查工作最忌讳掺杂私情。但偶尔利用一下这种出场顺序颠倒的巧合，高岛并没有生出背信弃义之感。

高岛回忆起五分钟前目睹的现场光景。用这个现场来测试验尸官的能力再合适不过。狭长的地下藏书室，深约七米；左右两侧的墙边都有顶天立地的固定书架，上面摆满了书籍和资料；天花板上挂着光秃秃的灯泡；整个现场仅有一扇铁门供人进出，因为是地下室，所以没有窗户。

五十八岁的乡土史学家上田昌嗣以蹲姿向前扑倒，陈尸于藏书室的中央。尸体的头部右侧靠近头顶处有一条长约三厘米的皮肤撕裂伤，应为钝器造成。伤口下方的头骨也有细微龟裂。准确结论有待司法解剖，但死因很可能是脑挫伤。致命伤周边有三处表皮剥落，均疑似钝器造成的擦伤。尸僵已缓解。鉴于天气寒冷，死了至少已有五天。地上布满尘土，上田所穿的毛衣背面和内侧的衬衫上都附着了大量的灰尘。

"凶器"就落在尸体右侧——一个三公斤重的哑铃。如拳头般凸起的一头留有明显的血迹，没有指纹。哑铃边有一块白色的男士手帕，附有微量血迹。尸体前方不远处有一支三色圆珠笔，地板上留有疑似用圆珠笔书写的文字。

高岛翻开从死者口袋里掏出的笔记本。就是这么一句话：

时限将至，须藤山药，怨哉恨哉。
（時来たり須藤の山芋うらめしや）

全句共十七个日文音，虽有短诗之形，但俳句爱好者高岛看了便只能苦笑。怕是连川柳、狂句[1]都算不上。据说上田不等退休就辞去了市政厅居民课的工作，埋头研究乡土史，但这首文笔堪忧的"短诗"难免会让人对他的研究水平生出疑念。

撇开这个不谈，片区警员将地上这句符合上田笔迹的话视作"死前留言"倒也顺理成章。开头的"时限将至"可以理解为"死期迫近"，之后点出"须藤"这个名字，再以"怨哉恨哉"

---

1 俳句、川柳和狂句都是日本的诗歌形式之一，在创作上有形式限制。由"五-七-五"共十七个日文音组成。

直截了当地结尾。

警方很快查明了"须藤"的身份。

四十二岁的须藤明代是上田为了赚零花钱开设的"个人史兴趣班"的学生之一。"撰写自己的历史"貌似是近来的流行热点。明代每周来上田家一次，学习如何写作。坚持单身的上田是公认的好色之徒，他的"指点"似乎不仅限于写作。据说，赶往明代家了解情况的警官一看到她的脸便窃笑起来。因为她肤色暗沉，五官也偏扁平，确实是神似"山药"。

此时此刻，明代身在片区警署的谈话室。片区汇报称，负责审她的警官一暗示此案有他杀的可能性，她便哭诉自己的无辜。供述内容如下：明代确实在一周前去过上田家，但当时还有另外两位同学在场，之后她就再也没见过上田了。她和上田确实有肉体关系，可佐佐木也——

这个"佐佐木"的背景信息也已发到高岛手上。

四十三岁的佐佐木奈美既是兴趣班的学生，也是尸体的第一发现者。今天是"个人史兴趣班"上课的日子。她到的比平时略早一些，在上午十点按了上田家的门铃，但没人应门。见前门没上锁，她便进了屋。本以为上田在藏书室，走去地下室却发现了他的尸体。她表示藏书室的铁门是半开着的。据说，她否认了与上田有肉体关系，但报告中也提到，明明没人应门，她却敢擅自进屋找人，可见两人的关系十分可疑。

"调查官到了。"

司机的声音让高岛抬起头来。只见前方大约五米处，仓石正要走下验尸官专车。

消瘦的脸颊，威压十足的犀利目光，黑帮混混似的步态——高岛也下了车。仓石默默致意，动作微不可察。

"辛苦了。"高岛冷冷地说道，与仓石并肩而行。他感到血流陡然加快。这人的气场更像罪犯，而非警察。

不可替代，独一无二——"终身验尸官"的雅号，源自前前任刑事部长的这句评语。高岛也知道，L医科大学法医系的西田教授对仓石很是欣赏，搞了不少小动作阻止他被调走。然而——

他真有那么厉害？

高岛的疑念由来已久。单看报告，仓石在这七年半里未尝败绩。但高岛当验尸官的时候也有"完美先生"的美誉。这点没什么值得骄傲的，不过是验尸官的本分。据说俳句诗人会把每一首作品都当成自己的辞世之句，精心推敲。验尸官也是如此，现场的调查容不得起伏波动，出错更是大忌。若将他杀错判成自杀，就是将一起恶性犯罪永远尘封。反之，则意味着百余名弟兄不得不长时间枉费心力做无用功。简而言之，是"验尸官"这一职务在理所当然地要求他们，务必在每一个现场做出无懈可击的判断，日复一日，年复一年。

——并不是仓石这个人有多特别。

上田家门口。高岛套上塑料鞋套，顺便偷瞄了一下仓石的侧脸。

L县警内部禁止同一人在同一岗位停留五年以上。若是继续给仓石特殊待遇成何体统。听闻部分年轻警官老是将"仓石学校"和"校长"挂在嘴边,对他推崇备至。最令高岛惊讶的是,连他多有关照的一之濑都着了仓石的道。在"调往警察厅"这个旁人梦寐以求的机会摆在他面前时,他却说"想和家人商量一下"。是顾及仓石的面子?不,是表露了以轻易对高层摇尾巴为耻的反骨。一之濑在仓石手下待了两年半,太久了,早该调他走了。

无论如何,只要高层仍对仓石小心翼翼,撂着不管,不稳定分子的增殖便是必然的结果。对组织和将在数年后升任刑事部长的高岛而言,驱逐仓石似乎迫在眉睫。

岂能错过这次出现场顺序颠倒的良机!今天,他倒要看看仓石究竟有几斤几两。他要亲眼见证仓石不过是个"普普通通的验尸官",能被任何人替代,然后建议高层调走仓石——

高岛凝视着前方仓石的背影,走下通往地下藏书室的楼梯。

——考试开始了。

高岛在心中朗声宣布。半颗心已然飘出调查指挥官的职务范畴。

4

仓石并不急着开工。走到楼梯底部后,他没有立刻进入藏书室,而是低头望向门边的盆栽。

"啊,据说需要让门开着的时候,死者会用这盆栽顶着门。"

片区刑警安川眉开眼笑地解释道。他也是尊称仓石为"校长"的崇拜者之一。

"发现尸体的时候,这东西放在哪儿?"

"藏书室里。听说是最先发现尸体的那个女人送的呢。"

"啰唆,问什么你就答什么。"

仓石单膝跪地。虽说是"盆栽",但盆里只有一根细棍模样的茎,没有开花。叶子也只有下方的寥寥几片。仓石盯着那卵状披针形的叶片。

高岛止步于楼梯途中,俯瞰这一幕。

第一步算是中规中矩。不让安川多嘴,是为了防止先入为主。不进现场却观察盆栽也是合理之举。植物和尸体一样会说话,是验尸时不容忽视的信息来源。

"是洋地黄吧。"

"校长就是厉害!"安川拍着俗气的马屁。

高岛抱起胳膊。没错,洋地黄。多年生草本植物,夏天开紫色的花。主要用作观赏,不过叶片晒干磨粉后可用于治疗心脏病，有加强心搏的作用。据报道称，死者上田患有充血性心力衰竭，伴有心律失常。"山药"明代称，上田与她欢好时常用性玩具，许是怕"马上风[1]"吧。

洋地黄。高岛早已认定，这素材固然有趣，却无助于破案。

仓石将目光移向房门，似是在透过钥匙孔观察藏书室内部。

"门把手上有指纹吗？"

"有死者上田的，以及尸体的第一发现者的。"

"门内侧的把手呢？"

"没有提取到任何指纹。"

"一点儿都没有？"

"没有。肯定是被凶手擦了。"

仓石没有回答，拿出包里的温度计，步入藏书室。高岛走完剩下的楼梯，来到仓石身后，越过他的肩膀，顺着他的视线望去。

仓石先看了尸体。不，是扫视整片地面后他蹲下，似乎是注意到了地上的灰尘。他起身仰望天花板。只有光秃秃的灯泡。他开始找开关。找到了，确认开关在右手边的墙上。他再次望向天花板，像是在仔细观察灯泡。他看了看手中的温度计，室温五摄氏度。

仓石绕开尸体，走向藏书室深处。尽头处的墙边地上也有一只哑铃。他转过身，比对它和尸体边的哑铃。高岛方才也是如

---

[1] 指由于性行为引起的意外突然死亡。——编者注

此。两只哑铃是一对。换言之,"凶器"取自藏书室,而非来自外界。

"拿把椅子来。"仓石一声令下。

藏书室里没有椅子,安川去楼上找来一张圆凳。仓石踩在凳子上,近距离观察灯泡。"挺干净啊……"他自言自语道。

高岛满腹狐疑。检查灯泡能有多大的意义?也许是在做戏吧,故意在自己面前装出一副"特别的验尸官"的样子——

走下凳子之后,仓石检查起了左右两侧墙边的书架。他从包里拿出放大镜,细细查看,可能是在确认飞溅的血迹。高岛也检查过,几乎没有血迹。也难怪,毕竟尸体头部的外伤本就没出多少血。仓石还用放大镜照了照地面,像是在观察血迹,不,是灰尘的状态。

仓石缓缓站起,转身俯视尸体。整体观察片刻后,再次单膝跪地。他的视线依次落在哑铃、手帕和三色圆珠笔上,随即动作停止。他定是注意到了那首"短诗"。

时限将至,须藤山药,怨哉恨哉。

仓石蹙眉看着,看了好一阵子才从怀中掏出笔记本,抄录下来。一旁的安川饶有兴致地问道:"这真是传说中的死前留言吗?"

"当了三十五年警察,我还是头一回见尸体留下这么别致的玩意儿。"

高岛暗暗点头。他在这行也摸爬滚打了三十七年，却从没见过这样的东西。

仓石终于切入验尸"正题"。眼前的上田昌嗣以下蹲的姿势前倾而死。

——让我来领教领教你的本事。

仓石打开包，取出笔形手电筒、镊子、开口器等验尸工具。他先用手电筒照眼球，查看角膜的混浊程度。

脚步声自楼梯而来。下来一名片区刑警，交给高岛一份调查进度报告。高岛一边留意着仓石，一边迅速浏览报告。

报告阐述了围绕上田的三角关系：上田与尸体第一发现者佐佐木奈美之间的亲密关系已持续了三年，须藤明代和上田则是半年前开始的。奈美和上田果然有一腿。但高岛早有预料，没有产生多大的兴趣。

他将目光移回仓石，只见仓石正要检查尸体头部的伤口。

仓石叼着手电筒，用双手拨开尸体的头发。右侧靠近头顶处，有一处长约三厘米的撕裂伤——

仓石盯着伤口的眼睛向左右微微移动。

——看来他也发现了……

三处擦伤。那正是高岛推翻"他杀"的主要依据。仓石识破了吗？不，要是他看漏了，就能立刻让他滚出考场。

高岛认为，这三处擦伤属于"犹豫伤"。由此得出的结论便是"自杀"。

上田将哑铃砸向头部，结束了自己的生命。想死得轻松一点儿，尽可能避免肉体上的痛苦，这是自杀者共通的心理。用剃刀割腕的人往往会留下好几道犹豫惶恐的伤口，心想"不知道这么割会不会死"。更何况，这次的自杀手法是用铁疙瘩砸自己的脑袋，恐惧感之强可想而知。所以上田失败了两三次。他满脑子都是死，手却不听使唤，只让哑铃擦过头皮。虽然最终达到了目的，但那定是无比悲壮的一刻。从尸体的姿势能够推测出，上田在最后时刻是双膝跪地，弯腰弓背，略低着头来结束自己的生命的。

"短诗"也是其自杀的有力佐证。

人无法在遭到致命一击后提笔写字。就算能写，也不可能留有足够构思出诗句的思维能力。换言之，短诗是在上田被殴打之前……不，是在他动手自杀之前写在地上的，这种假设才更为合理。

伪装成他杀的自杀——这个判断应该八九不离十。地上的手帕也为这一目的服务。如果哑铃上只留有上田的指纹，他的自杀就会被警方立刻识破。因此，他提前擦去哑铃上的指纹，再隔着手帕握住哑铃，砸向自己的头。

上田为什么用了这样的死法？

根据"短诗"的内容，他显然是想陷害须藤明代。没有深仇大恨，绝对做不到这般地步。莫非与三角恋的纠葛有关？可若真是如此，更有动机去设计陷害的就不是上田，而是明代。高岛想象不出，是什么样的理由让一个将两个女人玩弄于股掌之中的好色之徒，以自己的生命为代价将杀人犯的罪名扣在明代头上。上田有心脏病。莫非其中隐藏着破案的关键？反正也没几天好活了，弃了也不足为惜——如果上田是这么想的话，用自己剩下的生命设下陷阱倒也说得通。当务之急是仔细盘问明代，了解两人之间的隐情。只要查明这些内情，迷雾自会散去。

无论如何，本案系伪装成他杀的自杀已是不可撼动的事实。换言之，"山药"女士不会被问罪。

高岛看向仓石。

仓石正用放大镜观察尸体毛衣的背面，似乎是在检查上面的灰尘。他还翻起毛衣，用放大镜观察穿在里面的衬衫，一如片刻前的高岛。衣服附着灰尘的原因不明，但高岛也将其视为推翻"他杀"的理由。如果上田是突然被哑铃击中，向前栽倒，毛衣背面和里面的衬衫就不会沾灰。

仓石让安川搭把手，脱下尸体的衣服。仔细检查全身。目光扫过尸体。然而——

他的每一步都没有特别之处，不过是按部就班，坚持基本原则。一如高岛和历任验尸官。

验尸环节结束。安川迫不及待地讲述起了案情。仓石有一句没一句地应着，他将验尸工具装进包里，回头望向高岛。

"怎么样？"

被高岛这么一问，仓石兴致缺缺地回答道："自杀。"

高岛点了点头，随即微微一笑。

和领导说话也不用敬语。换作平时，他怕是早已气得胃里翻江倒海，但此刻胸口涌起的喜悦和解脱感远超怒气。

他见证了验尸的全过程。毫无疑问，仓石是一位优秀的验尸官，他也深切感受到了仓石对职责的真挚。然而，他实在不觉得仓石在验尸过程中展现出了某种才华或异于常人的特殊能力。"终身验尸官"不过是幻想罢了。如此一来，他便能向高层建言：培养出仓石的替代品又有何难！让一之濑接班都行。他要再敢表现出丝毫崇拜仓石的迹象，去东京的事就免谈，也别指望升迁了。就让他继续做他的警部，接替仓石的班——

"不过嘛，还是把最先发现尸体的女人铐上为好。"

高岛心头一凛，抬头望去，对上仓石的冷眼。

逮捕第一发现者……？

"为、为什么？"

仓石没有作答，而是叫住了安川。

"哎，那人叫什么来着？"

"佐佐木奈美。"

"就是她。上田被这个奈美囚禁了。人已经死了六天，八成是上周上课那天下的手。"

"真的吗，校长！"

"下课后，她把上田骗到地下藏书室，把人关在里面，从外面锁上门。既然佐佐木奈美送了洋地黄，那就说明她知道上田有心脏病。这样的一个人被关在室温只有五摄氏度的狭小藏书室里,迟早会病发而死,这便是奈美的计划。"

"哦!她是想报复吧,因为上田抛弃了她,跟须藤明代好上了——"

"你凭什么这么说?!"高岛厉声道。

囚禁?心脏病发?复仇?他究竟——

"你给我解释清楚!你凭什么说佐佐木奈美囚禁了上田?"仓石转向现场。

"凭物证啊!谁会蠢到用哑铃自杀,再伪装成他杀?在这间藏书室里,哑铃是唯一能用作凶器的东西。所以他别无选择,只能用哑铃。手帕原本就在他的口袋里。三色圆珠笔原本插在胸口口袋,因为他是在上课那天被囚禁起来的,要用红笔修改学生的稿子。上田伪造他杀时用的三样东西,哑铃、手帕、圆珠笔,都是在无法外出的状态下能搞到的现成货。"

"这又能证明什么,万一是碰巧呢?"

"花瓶、玻璃烟灰缸、菜刀……他要能出去,工具有的是,随他选。还能把手帕换成女式的,再准备一支方便在地上写字的记号笔,这才称得上'伪装'。"

"话是这么说……可……"

"为了将自杀伪装成他杀,上田擦掉了门把手上的指纹,却只擦了里面的门把手。为什么?原因很简单,因为他擦不到外面的。"

高岛倒吸一口气，自信的地基开始动摇。

停顿一拍后，仓石继续说道："还有灰尘。上田的毛衣内侧和衬衫上不是沾了很多灰吗？"

"那又怎么样……？"

高岛确实没想通灰尘是怎么回事，莫非仓石解开了这个谜？

"藏书室的室温只有五摄氏度。上田觉得冷，就把书铺在地上，睡在书上。可这样还是冷得睡不着，于是他便将布满灰尘的资料塞进毛衣和衬衫之间，以此保暖。"

"这不过是你的推测。"

"还有灯泡。藏书室里到处都是灰尘，灯泡却干干净净。因为上田曾把它揣在了怀里。"

"什么……？"

"上田把书堆在地上当垫脚台，拆下灯泡取暖。等灯泡凉了，再装回天花板，开灯加热，周而复始。他实在被冻得没辙了。"

高岛周身一颤。上田的一举一动，生动而清晰地浮现在他的眼前。

"但他只熬过了一个晚上。心脏病人最怕冻，也许是有了发作的征兆。如果病发而死，自己就会被当作病死处理。眼前就是那盆把自己关起来的女人送的洋地黄。叶子烘干磨粉，就成了治心脏病的药，新鲜的叶子却有剧毒。是服毒自尽还是用其他办法？想必他也纠结了好一阵子。终于，他下定决心，将自杀伪装成他杀。于是，他留言嫁祸佐佐木奈美——"

"慢着!"高岛回过神来,"上田写的明明是须藤明代,不是佐佐木奈美!"

仓石"啧"了一声。

"这都没看出来?上田唯恐奈美最先发现他的尸体。如果直接点出她的名字,留言很可能会被抹去,所以他绞尽了脑汁。"

"胡扯!"

高岛慌忙翻开笔记本。

时限将至,须藤山药,怨哉恨哉。

"你倒是说说,这首蹩脚的短诗还能怎么解读?"

"当年不是你把验尸比作辞世之句的吗?"

"是啊,那又怎样?"

"那你应该能看出来,这才叫真正的辞世之句——"

仓石拿出一支笔,在高岛抄录的短诗上画了一条线。

短诗被分为两半。前半段是"时限将至须"(時来たり須),后半段是"藤山药怨哉恨哉"(藤の山芋うらめしや)。

高岛仿佛中了什么法术,一遍又一遍地念着。"啊!"片刻后,他发出一声惊呼。

"時来たり須"——可以念成"ジギタリス"(洋地黄)[1]。

---

[1] 時来たり須(时限将至须)和ジギタリス(洋地黄),二者的读音相同,均为"jigitarisu"。——编者注

那后半段呢……?

仓石在"藤の山芋"旁边写下几个字,"不治の病も"(不治之症)[1]——

洋地黄兮,不治之症,怨哉恨哉。
(ジギタリス不治の病もうらめしや)

高岛哑口无言。

上田以洋地黄比喻佐佐木奈美,还对被奈美利用的老毛病抒发了怨恨。这确实是情真意切的"辞世之句"。

仓石走上楼梯。

高岛默默目送下属的背影远去。

自己验看过的种种尸体在脑海中一闪而过。"完美先生"——他当得起这个雅号吗?

5

夕暮将至。

公寓中光线昏暗,一之濑盘腿端坐在房间的中央,全身疲

---

[1] 藤の山芋(藤山药)和不治の病も(不治之病),二者的读音相同,均为"fujinoyamaimo"。——编者注

急，头脑却在高速运转。

他得出了一个结论，决意用它"补考"。

两具尸体已被移送至片区警署的停尸房。那盆一串红取而代之，摆在一之濑眼前。

突然，房里的灯亮了。一之濑回头望去，仓石棱角分明的脸出现在墙边。

"阿一，想明白没？"

"想明白了。"一之濑起身直视仓石的眼睛。

"我重新审视了一串红凋落这个事实。花鸟市场的人说，一串红最怕空气干燥。这几天气温大幅下降，北风呼啸，所以空气本就干燥，再加上房里一直开着空调，花就掉了。"

"继续。"

一之濑取出装有现场遗留物品的小塑料袋，里面装着一根烟蒂，烟嘴有些部分变成了深棕色。

"在这种环境下，筒井道也的嘴唇应该也干裂了，只是氰化物造成的溃烂使裂口难以辨别。他躺在床上抽烟时，嘴唇表皮剥落，以至于烟嘴附着了血迹。不久后，小寺裕子来到这里，看到了鲜红的烟嘴，便误以为筒井有了新欢，陷入绝望，进而实施犯罪——这就是我的猜测。"

短暂的沉默。

仓石瞥了眼一之濑的手，左手小指尖缠了一圈创可贴。

"你试过了？"

"哦，嗯……大约三个小时后变成了褐色。"

"三个小时啊。她在屋里待了那么久，也不是没有可能看出那是血迹。要是真看出来了，昨晚的殉情也许就不会发生了。"

"即便看出来了……她恐怕还是会做出一样的选择。"

小寺裕子的死相浮现在一之濑的脑海中。泛着微笑，神情平和——

"不错。"仓石撂下寥寥二字，走向房门。

脱下塑料鞋套后，他停顿片刻，转身说道："在银座喝酒的时候给我打个电话。天天在乡下酒馆泡着，内脏都要烂了。"

他的嘴角似乎挂着浅浅的笑意。

"调查官……"

欢喜、落寞、决意……一之濑怀揣着涌上心头的种种情绪，目送顶头上司的背影融入夕暮。

钱别礼

1

黄昏时分逼近的春雷捎来的不是春雨，而是横扫的暴雨。

小松崎周一将老花镜推上额头，往模糊的双眼滴了些眼药水，缓缓倚上无腿椅的靠背。没有扰人的雨声传入耳中。这栋刑事部长宿舍虽然老旧，却很坚固。面向院子的走廊里堆着大量的纸板箱，也发挥了些许阻挡雨声的作用。搬家日定在了下个星期一。勤勤恳恳工作了四十二年，离开L县警的日子近在眼前。

然而，小松崎另有心事。

——八成是死了……

矮桌和周围的榻榻米上，堆放着按年份归类的明信片，有恭贺新禧的，也有暑期问候[1]的。他请了五天的年假为搬家做准备，也早就想好了今天——也就是假期的最后一天，要用来整理信件。毕竟退休后要向各方寄送感谢信，他也想趁此机会整理出一份像样的名簿。不过，整理名簿的目的不仅于此。

---

1 日文写作"暑中見舞い"。在盛夏时节，日本人有互寄明信片问候安康的习惯。

每年的元旦与盛夏,他都会收到只写着"雾山郡"的明信片——

他早就对此生出了好奇。一查才知道,来自神秘人的明信片始于十三年前,其间从未中断,但在去年突然停止。元旦的明信片倒是来了,盛夏的却没有。今年连元旦的都没有。他将今年的那捆明信片翻了两遍,却无论如何都找不到唯一能证明那些明信片出自同一人之手的"雾山郡"三字。

肯定是死了。死在去年夏天之前……

说不定也有"寄件人不寄了"的可能,但小松崎的思维似乎从一开始就排除了这种可能性。警察的第六感,抑或一甲子的岁月,让他自说自话将"断了音讯"和"死亡"联系在一起。

——可到底是谁……?

刑警当久了,家里总有一两个抽屉装满改过自新的罪犯及其亲属的感谢信。当然,反之亦然。必须做好思想准备,面对来自黑暗的匿名信。而满载恶意的信,往往和身上的伤痕成正比。诅咒、威胁、怨恨、报复的预告……他甚至在元旦收到过写有"祝您新年倒大霉"的明信片,阖家团圆的喜乐瞬间降至冰点。

他就是想知道,横跨十三年的明信片承载的究竟是谢意还是恶意?或是有什么别的意图?

小松崎再次翻看起单独挑出的二十五张明信片,皆为官方印制。正面印有老套的问候语,看着像在便利店打的,没有一个手写的字。但收件人姓名均为手写。而本该写寄件人姓名和地址的空白处，只写了"雾山郡"三字。字写得很是蹩脚，带着诡异的棱角，看不出年纪与性别。从某种角度看，甚至带着几分刻意。例如，像是故意用了平时不写字的手……

小松崎抱起胳膊，闭上双眼。

女人——小松崎的思路常常会由此出发。由于他非常擅长侦破涉及女性的案件，同事们送了他一个雅号——女犯杀手小松崎。

这些明信片呢？

直觉告诉他，是女人寄的。

整整十三年，一次不落。固执、黏糊、认死理。看似是男人的特征，但一定是个女人。在漫长的职业生涯中，每当他认准罪犯是女人的时候，都会生出这种仿佛全身上下的细胞都在蠢蠢欲动的感觉。

小松崎睁开眼睛。

撇开性别，能帮他锁定寄件人身份的线索就只有"雾山郡"三字了。

对方没有完全匿名，而且故意写下了郡名。无论明信片承载的是谢意还是恶意，这都表明寄件人只想将这条线索交到小松崎手上。"雾山郡"是真实存在的郡名，位于县北的农村地带，由三座村镇组成。过度解读起来那就没完没了了，可以姑且认定寄件人就住在雾山郡。不，还可以进一步缩小范围。夏天的明信片上都盖着"雾山南"的邮戳。也就是说，寄件人住在雾山郡雾山村，而且是雾山村的南部。开动脑筋吧，唤醒过去的记忆。

没有。没找出一张印在视网膜上的面孔。

他完全不记得自己逮捕过与雾山村有关的人，也没有在雾山警署待过。他年轻时虽曾多次前往该村协助办案，却也只参与了常规的地毯式排查，没有深入到要向村民出示名片的地步。他敢肯定，自己没做过会被人感谢或招人记恨的事情。莫非寄件人和小松崎的交集在别处，只是对方现在恰好住在雾山村？若真是如此，那就更是毫无头绪了。毕竟他当了四十二年的刑警，需要翻找的记忆仓库实在太大。

不……

小松崎盯着半空的眼睛眨了又眨。

只要他利用刑事部长的权限，查出是谁寄的又有何难？雾山村小得很，人口不足四千。每年过世的人也就那么点儿。让下属逐一排查去年一月到七月去世的村民就是了。只要有笔迹与"雾山郡"相符的，真相便能水落石出。他若有心查，甚至可以比对指纹——

唇间忽地漏出自嘲的笑声。

——想什么呢，怎么能使唤下属干这个？

小松崎立即打消了这个念头，脑海中却浮现出一张两颊消瘦的凶狠面孔。搜查一课调查官，威名远播的"终身验尸官"仓石。

仓石的面容浮现在眼前，说明他想到了非自然死亡的可能性。寄件人并非自然死亡——确实有可能。若真是如此，那就意味着仓石在去年"见"过寄件人。

门铃戳破了即将丰满的想象。小松崎望向墙上的钟，晚上八点。他起身整了整和服的腰带。利用穿过走廊的短暂时间，在脑海中梳理信息，这也是他多年来的习惯。哪些可以说，哪些说不得——

谁知，站在门口的并非报社记者。

"非常抱歉，这么晚还来打扰。敝姓村田，来自菜花银行，昨天给您打过电话的。"

把退休金存在我们银行吧——半个多月来，他已经接待了十多家银行的来访。"知名的城市银行会天天上门求你。"去年退休的老领导所言不虚。

"难为您专程过来，可我已经决定要存在L银行了。"

"我知道，这是县厅和县警的惯例。但您不妨对比一下存款保障金额，鸡蛋不能放在一个篮子里嘛——"

要是外头下着雨，小松崎倒不得不请人家进屋避避了。可惜夜空中竟有点点星光，仿佛片刻前并没有下过倾盆大雨。

小松崎婉言谢绝，关上推拉门。正要回里间，他却停下脚步，竖起耳朵听了一会儿，并没有听到门外有和远去的银行职员擦肩而过的脚步声。

今天是三月二十七日。看来专盯警方的记者们进入了"君子协定期"。据说各家报社达成了一致，不再夜以继日地跑来采访小松崎。离退休只剩四天了，中间还夹着双休日，所以小松崎会去县警本部的日子就只剩下了明天和下个星期一。看来报社也觉得,杀去即将退休的老官员家要猛料多有不妥。

一抹落寞掠过心头。

新的齿轮已经开始运转了。记者们早已掉转枪头,找上了即将接任刑事部长的田崎……

小松崎回到起居室,对着成堆的纸板箱生出些许迟来的疲惫。几年前,他还想在退休后建栋新房住住,甚至让熟识的建筑公司画了图纸。谁知妻子吉江在前年因病去世,这个念头也随她去了。儿子昭彦是旅行社领队,肯定不会回老家。女儿美佳嫁去了仙台,也是一副要在那儿扎根的架势。小松崎心想建新房也没什么用,便在市郊租了栋小房子。搬家有下属们集体出动,可是在新家拆开堆成小山的纸板箱,把所有东西整理归位,又要花多久呢?

呵,有什么好愁的。嗯,有的是时间。从今往后,时间绰绰有余。

小松崎坐回椅子,垂眼望向"雾山郡"三字。

兴致大减。

之所以琢磨起"来路不明的明信片是谁寄的"这事,不过是因为他得了顶着"准备搬家"之名的私人时间,连休五天。如果吉江还在,定会对此瞠目结舌。

这些年来,小松崎为刑侦事业抛头颅洒热血。他犯过很多错,却也交了不少好运,这才当上了刑事部的一把手。L县警已经有四分之一个世纪没出过专干刑侦的部长了。被公安[1]和行政背景的精英们压得抬不起头的老刑警们对此拍手称快。以刑事部长的身份指挥侦查工作的这两年里,他更是呕心沥血,想为职业生涯画上圆满的句号。凶杀、抢劫、纵火、贪污……该破的案子都破了。他无怨无悔,可以昂首挺胸地走出部长办公室。

然而——

他唯独放不下"雾山郡"。莫非,这就是上天给历尽千帆的他安排的最后一案?

警务专线的铃声撕破了即将渗入心脾的寂静。

小松崎起身走向电话。虽然还不确定是不是发生了案子,手却已做好解开和服腰带的准备。

电话那头是本部搜查一课的高岛。

"部长——堀井町发生了凶杀案。"

2

车灯划破黑暗。部长专车以雷霆之势驶向L县警本部大楼。

一名二十岁的女大学生被人掐死在本市堀井町的公寓中。凶手不明——

---

[1] 即公安部,和刑事部均隶属于日本警视厅。——编者注

现实至上。刹那间,明信片和落寞被抛到了九霄云外。

岂有此理!他的心头有一丝焦虑。离退休还有四天。如果凶手到那时还没有落网,他就不再是人人称颂的"女犯杀手小松崎"了。他将沦为"临走时背上悬案的倒霉部长",受尽后人的议论。

抵达本部后,小松崎从地下停车场乘电梯上到五楼的搜查一课。办公室灯火通明,仿佛在为众人加油鼓劲。重案组的自不用论,连高岛课长都已赶往现场,偌大的办公室里就只剩下了搜查一课副课长津田和几名行政人员。

"您辛苦了!"

小松崎抬手制止正要起身的津田,看起了办公桌上的记录。

被害者山藤祥子,二十岁,县立女子大学英语系大二学生。家住中村公寓一○二室。

"进展如何?"

"目前还只有初步汇报。课长过会儿就打电话来汇报详细情况——"

津田话音未落,桌上的电话就响了。小松崎拖来邻桌的椅子,同时抄起听筒。

"目前查明的情况如下,"高岛的语气镇定如常,"被害者山藤祥子以仰卧在床的姿势被人掐死。没有性侵的迹象,但衣着严重凌乱,双臂有多处擦伤,面部也有被殴打的痕迹。一本女性杂志掉落在床边。高度怀疑凶手入侵室内后扑向正在床上看杂志的被害者，意图实施性侵，但被害者奋力挣扎，于是痛下杀手。"

"嗯，继续。"

"现场正在采集指纹，但除了床上，房中并无打斗痕迹等异常情况。目前也没有发现疑似属于凶手的遗留物品，只是被害者穿的上衣附着了些许灰尘。"

灰尘……？

莫非灰尘原本是凶手衣服上的，在袭击被害者时掉了下来？

"什么样的灰尘？"

"很普通的灰尘。就像衣柜顶上积着的那种，呈棕褐色的干粉状。"

"做个鉴定。别忘了采集现场各处的灰尘作对比。"

"收到。"

高岛的声音远去片刻，许是在吩咐鉴证专员。

"久等了。呃……作案时间是晚上七点到七点五十分之间。入侵路径不明——"

"等等，怎么这么精确？"

"有证据可以精准缩小范围。昨晚是六点半开始下雨的，当时住在两公里外的被害者母亲见雨下得大，就打电话给被害者，嘱咐她把窗关好。挂电话的时候，七点的新闻刚开始。"

换言之，被害者那时还活着。

"七点五十分雨刚停的时候，母亲又打了一通电话过去，但没有人接听。她每隔五分钟打一次，连打三次都没有人接，越想越担心,便开车去了公寓,结果发现了尸体——事情的经过就是这样。"

七点五十分的时候,人已经死了。原来如此,确实可以将作案时间锁定在晚上七点到七点五十分,但前提是"母亲没撒谎"。而这往往是决定能否破案的分岔口。

女人——先从这一点入手。

"被害者母亲七点五十分打电话找她干什么?"

"她说想问问窗子有没有进水。"

"公寓很旧?"

"房龄两年。"

"你刚才说公寓离她父母家有两公里远?"

"是的。"

"为什么母女两个不住一起?"

"母亲去年再婚了,据说被害者就是那时搬出来的。"

"处得不好?"

"还不清楚,已经派两组人去父母家周边了解情况了。"

"再多派两组。注意分寸,眼下人家还是痛失女儿的父母。"

"明白。"

"继父是什么来头?"

"是一家性感按摩店的店长,三十一岁,比受害者母亲足足小了十一岁。"

一幅"画"在脑海中迅速成形。

母亲痴迷年轻的继父。继父对继女动了色心，霸王硬上弓，女儿跟离家出走似的搬了出去，继父找去继女的住处，意欲故技重施。拒绝。杀害。夫妇合谋，制造不在场证明——

小松崎静候数秒。

细胞没有蠢蠢欲动，静若止水。是这幅"画"太蹩脚？

"被害者有保险吗？"

"正准备派人去查。"

"好。还有什么？"

"还没查清凶手的入侵路径，房门和窗户都锁着。"

"也就是说，凶手可能用了备用钥匙？"

"很有可能。"

那就是男友、公寓管理员、母亲和继父——

"目前只在门口找到了母亲的鞋印，我会让鉴证人员再查一次。窗户是牢牢锁住的，我认为用备用钥匙的可能性很大——"

"错了。"

高岛的声音被另一种声音盖住，显然是一旁有人打断了他。

想都不用想。搜查一课的课长高岛是现场的最高指挥官。除了验尸官仓石，谁敢说一个"不"字。

刹那间，小松崎的脑海中闪过"雾山郡"三字，全身上下的每一个细胞嘎吱作响，吵嚷起来。

女人——非正常死亡——

小松崎心头一颤。

"你们干什么呢?!"

他对电话厉声喊道,试图甩开妄想。

没人应答。高岛似乎在和仓石争论,怒吼的交锋,断断续续的词组隐约传入耳中。

轮不到你插嘴——给我看清楚——湿气——脚印——雨——灰尘——天花板——

"对不起,稍后再给您回电。"高岛匆匆说完这句话便挂了电话。

小松崎烦躁起来。

天花板……?天花板怎么了?

等了将近三十分钟,桌上的电话才再次响起。

"让您见笑了,"高岛的嗓音低得诡异,"抓到人了,请您批准申请逮捕令。"

"抓了谁?"

"被害者的隔壁邻居佐竹,住一〇一室,是个无业游民。"

"有什么依据?"

"天花板上隔开两间屋子的木板被卸下了。"

"什么?"

"我们杀去佐竹家的时候,他正躲在厕所里瑟瑟发抖,当场就认了罪。"高岛用不带感情的声音继续说道。

确实是见色起意。佐竹早就盯上了住在隔壁的山藤祥子,想出了"顺着天花板爬去祥子家"的主意,并在今天付诸实践。他从自家壁橱爬到天花板上，在暴雨的掩护下用起钉器拔起固定隔板的钉子，再移开祥子家的壁橱顶板，然后爬了下去。他扑向正在床上看杂志的祥子，想脱掉她的衣服，却遭到了激烈反抗，于是一拳砸向她的脸，可她仍未停止尖叫。情急之下，他就把人给掐死了。

"被害者衣服上的灰尘应该是佐竹在天花板上爬行时沾到的，在袭击被害者时掉了下来。已经让鉴证人员去采集天花板上的灰尘了。"

小松崎暗暗感叹。

一切的一切，都逃不过"终身验尸官"的法眼。

但还有两个未解之谜。

"他们是邻居，肯定打过照面。莫非佐竹打从一开始就想杀人灭口？要是被害者告他性侵，他不就没法脱身了吗？"

"佐竹入侵时带了一部有照相功能的手机，可能是想拍下裸照要挟被害者。我们这就审个清楚。"

"好，让仓石听电话。"

至于另一个疑问，他想直接问仓石。

高岛叫了仓石一声。交接听筒的声响传来，对面却不吭声。

"我是小松崎。"小松崎没了耐心，开口说道。

耳熟的沙哑嗓音传来："哟，这不是部长吗，还没走呢？"

"怎么说话呢！这还没到三十一日。"

"也是。"

"下个月一日开始,你说话注意点儿,田崎特别讲究这个。"

"哦,记下了。"

"不扯这些了。你是怎么注意到隔壁的?"这是他仅剩的疑问。

"房间里没雨。"

"房间里……没雨……?"

电话那头传来"啧"的一声,仿佛在说:这都想不明白?

"案发时间段一直都下着瓢泼大雨。打伞也没用,从外面进来必然会浑身湿透。但床单和死者的上衣都没有湿气,门口也只有母亲的泥脚印,灰尘也呈干粉状。那就只可能是从室内到室内了。"

小松崎听着那不带傲气的声音,意识到自己职业生涯的最后一起案件就此落下帷幕。

3

刑事部长办公室位于搜查一课办公区的一角,柔和的光线透过朝南的窗口洒入房中。实质性的工作到今天为止。而下个星期一,即三十一日,也就是他退休前的最后一天,将在退休典礼等一连串的活动中匆匆度过。

小松崎把仓石叫到办公室。

"昨晚辛苦了。"

仓石兴致缺缺地应了声"哦"。他靠在沙发上，目光投向桌上的早报——《女大学生遇害，警方光速逮捕隔壁邻居》。

"我得谢谢你。多亏了你，我才不用背着悬案走人。"

小松崎确实对仓石心怀感激。他也感叹自己的幸运，多亏有这号天赋异禀的能人和自己在同一时期从事刑侦工作。天知道他在仓石的帮助下破了多少险些被尘封的案子。

战友——小松崎对仓石的感情更接近这个词。

可仓石是如何看待小松崎的呢？天知道。几十年来，他们一起在犯罪现场摸爬滚打，但回过头来细想，竟没有推心置腹交谈的记忆。

刑警和鉴证，职务差异造成的壁垒也确实存在。"叫鉴证的来！""让鉴证人员去查！"……透过刑警挂在嘴边的话语，便能隐隐看出他们瞧不起鉴证课、把鉴证人员当手下杂工的心思。鉴证课也半斤八两，总是冷眼旁观耀武扬威的刑警。你们能靠第六感和胆子抓罪犯吗？没我们鉴定的证据，刑警和奶娃娃又有什么区别——

仓石冷冷地说道："你不是有事找我吗？"

"嗯，"小松崎仍在犹豫，"私事，介意吗？"

"案子都是私事。"

小松崎下定决心。至少自己眼前这位并不是敌人。

"是这样的……"

他道出明信片一事。"雾山郡"……十三年……雾山村南部……

仓石默默听着。小松崎讲完后，他抱起胳膊，沉思片刻后说道："你的老家在栗木町吧？"

"嗯，是座比村子稍大一点儿的小镇，只有几家接待钓鱼爱好者的旅馆。"

"同是在县北。你在雾山就没什么亲戚？"

"没有。虽然都是县北，可并没有通路。而且我上小学的时候就搬来这里了。大概是我父母懒得再伺候那一亩三分地了，我那挂牌做接生婆的祖母一走，他俩就进了城，摆摊卖蜂窝糖。两个人都早早去世了，大概是操劳过度。"

"不用扯这么远，"仓石面无表情，"你十三年前在做什么？"

"东部署署长，上一年调过去的。"

"也就是说，前一年春天的报纸上登了你的名字和照片。"

"没错。"

《新任署长简介》——新署长上任时，本地报纸会做一番介绍。小松崎也想到了。寄件人想必是看到了报纸才动了寄明信片的心思。上报第二年收到的第一张贺年明信片上，写的是他就任的东部署的地址。在那之后，寄件人肯定一直都在关注本地报纸刊登的县警干部调动情况一览。无论他调去哪里，明信片都会跟到哪里。

"两个。"仓石冷不丁说道。

"两个……？两个什么？"

"从去年新年到过完盂兰盆节，我验看过两个雾山村的死者，都是女的。"

仓石的记忆力令小松崎暗暗惊叹。除了在病榻上断气的，其余的死者都会按"非正常死亡"处理，这意味着仓石每年验看的尸体足有三百多具。

但惊讶在一瞬间转化为忐忑。

仓石说得明明白白，两个都是女的。

"说来听听。"

"一个死在三月，十一岁的孩子上吊自杀。"

被他这么一说，小松崎就想起来了。那是一起校园霸凌引发的自杀，媒体也做了大幅报道。但十一岁的少女恐怕与明信片并无瓜葛。

"另一个呢？"

"六月有个七十六岁的老太太淹死在河里。"

小松崎左思右想，全无印象。

"死者是谁？"

"一个住在养老院的丧偶老太太。有过两次轻微的脑出血，没拐杖走不了路。"

脑出血……

明信片上的收件人姓名浮现在眼前。带着诡异棱角的蹩脚字迹，仿佛是用平时不常用的手写成——

"她什么时候进的养老院？"

"十五年前。"

小松崎不禁探出身子："说说详细情况。"

"她是溺水而死。尸体是从雾无川打捞起来的，漂到了养老院下游两公里处。"

"是在养老院附近落水的？"

"不，她的拐杖掉在尸体上游三公里处。对岸有一片茂密的榉树林，是中杜鹃、大杜鹃和北鹰鹃的天堂。"

画蛇添足的最后一句引起了小松崎的注意。

仓石熟知生物的习性。花、鸟、虫、鱼……他会在验尸工作中充分运用这些知识，甚至能从盆栽与笼中鸟的鸣啭中找出关于尸体的线索。

"这案子跟鸟有关？"

"现学现卖罢了。和我同去现场的养老院院长是观鸟协会的。这院长刚上任就有个淹死的老太太，人都吓傻了，一聊起鸟倒滔滔不绝起来。"

小松崎轻舒一口气："继续。"

"尸体损毁严重。前额皮下出血，左上臂和双下肢有大量线状擦伤——"

"线状？"

"那条河水流湍急，想必是在河底翻滚时造成的。"

"是意外……还是自杀？"

小松崎当时没有接到汇报，所以应该不是他杀。

"三七开，七成是自杀。"

"三七开……？"

小松崎简直不敢相信自己的耳朵。如此模棱两可的判断，可不像仓石的行事风格。

"也有可能是意外吗？"

"她的手杖掉在从马路通往河边的兽道上。坡度很陡，跟滑雪跳台有一拼。有痕迹显示，死者往兽道上迈了三步。"

"三步……"

"对，没有第四步。不是自愿跳进河里，就是失足滑落。"

"应该能根据脚印的深度和形状推测出来吧？是踩到底了还是打滑了——"

"不能按课本上的法子来，老太太才二十八公斤重。"

仓石的双眸现出暗淡的光。

小松崎的思维停滞片刻，但随即抬头道："那也该是五五开啊？"

"什么？"

"为什么是七成自杀，三成意外？"

"你做个减法。"

"减法……？"

"尸体是在养老院下游两公里处被打捞起来的。往上游三公里,才是发现拐杖和脚印的地方。这意味着老太太从养老院出发,往上游走了一公里的上坡路。"

小松崎恍然大悟。

七十六岁……两次脑出血……右半边留有后遗症……没拐杖就走不了路……

短短的一公里。然而对那位老太太而言,这定是无比漫长的距离。

仓石带着兴致索然的表情继续说道:"不知道她为什么要拼着老命走上一公里。据说她的脑子还是很清醒的,出事前从没在养老院外瞎转过。这样一个人硬是走去了上游,那就只可能是想找个地方了结自己的性命。"

小松崎盯着仓石的眼睛:"那怎么还留了三成意外?"

"说不定以后能查出她走这段路的理由呢。"

仓石站起身,缓缓走到门口,转身说道:"部长——搞不好你是知道的。知道她为什么要走,也知道寄明信片的是谁。"

4

全身细胞骚动不止的感觉久久没有散去。周六一整天,小松崎足不出户,埋头于鸟类图鉴。动身时已是周日下午。他终于下定了决心,也做好了思想准备。

好久没开车了。往北的县道畅通无阻，一个多小时就开进了雾山村。虽然开错了几回，但小松崎很快就找到了雾无川边的路。沿这条路开了没多久便看到了养老院。

他已越发确信，死去的老太太就是寄明信片的人。不仅如此。不仅如此……

小松崎来到养老院一楼的办公室，他没有表明身份，而是告诉办事员，他想找院长请教关于野鸟的问题。不一会儿，他就被带去了隔壁的院长办公室。

"哎呀，欢迎欢迎。"

五十来岁的院长木村许是闲得慌，眉开眼笑地接待了小松崎。

"话说昨天也有人找我打听鸟呢，是之前处理一起意外事故的时候认识的县警大领导。"

仓石肯定也会来的。小松崎早就想到了，所以毫不惊讶。

可仓石毕竟是外人，对小松崎的人生又了解多少？

"那就先看看这些吧。再往上游走一公里啊，有片茂盛的榉树林。这些照片可都是我拍的哟。"木村兴高采烈道，拿出好几张加工成展板的照片，"这是中杜鹃。可爱吧？叫起来是'啵啵、啵啵'的。"

小松崎微微一笑。

在母亲去世的第二年，即成为县警巡查的那个春天，他"得知"了自己的身世。父亲因肾病住院。医生安排了手术，并表示需要输血。父亲将他叫到床边，表情格外严肃。瞒不住了——父母和儿子的血型对不上。

父亲对他耳语道,你是我们从孤儿院抱回来的,那时你约莫一岁。据说你的亲生父母在山上双双遇难死了。我们也不是刻意瞒你,只是没找到合适的机会——

小松崎并不震惊。其实上初中的时候,他就隐隐约约猜到了。因为他那时长痘,经常照镜子,照着照着,便意识到自己既不像爹,也不像娘。收音机广播每每提起血型,起居室的气氛便会瞬间凝滞。父母神情骤变,嗓音都变了调。次数多了,青春期的孩子难免会有所察觉。

他没有逼问过父母,因为怕知道真相。那时的他以为,一旦真相见光,他就得离开这个家了。当年不比现在。周围哪会有什么都不缺的幸运儿。因战火失去父亲的孩子、到处借米面果腹的孩子、母亲卖身的孩子……时代的大环境冲淡了小松崎的苦恼,也给了他些许慰藉。

"然后是大家都很熟悉的大杜鹃。叫声倒是常能听到,但您应该也没亲眼见过几回吧?大杜鹃的眼周和爪子是黄色的,可威风啦。"

自己是从孤儿院被抱回来的孩子。小松崎接受了父亲讲述的故事。他将身世化作一团既非悲哀亦非仇恨的炙热情绪,揣在心里。而这团情绪,也成了小松崎在警界奋斗的驱动力。我跟别人不一样。绝不回头,直视前方,埋头向前冲——他逮捕过无数恶棍,也在职场出人头地。他既不机灵,也没有过人的才智,却是四分之一个世纪以来头一个成为部门一把手的非特考组[1]刑警,这都是拜胸口那团灼热的东西所赐。无论处境有多么艰难,无论前方有多少困苦,那团东西都从未降温。它驱动着他的心,为他开辟前路,也为他带来了别样的人生。感激都来不及,谈何怨恨?

然而——

办案先怀疑女人。他揭穿过种种女人的阴谋诡计。对女人、对母亲的疑心究竟藏在哪里?莫非是不知生母的虚浮感与无处宣泄的焦躁,造就了"女犯杀手小松崎"?

搞不好你是知道的。知道她为什么要走,也知道寄明信片的是谁——

他接受了父亲的说辞。可他真的信吗?他有时也会想,既然是从孤儿院抱养的,何不选个和双亲血型相符的孩子?

"这是北鹰鹃。"

小松崎抬起眼眸。木村眉飞色舞地指着照片。

"民间俗称'十一[2]',因为它的叫声就是'啾咿、啾咿'。"

听到他如此模仿鸟叫,小松崎略感难为情。

"那位县警领导真是太可惜啦。去年过来处理事故的时候,他听到了中杜鹃、大杜鹃和北鹰鹃的叫声。谁知他刚走了五分钟,小杜鹃就叫了!四种都听到就集齐啦。要是他再多待五分钟

---

1 特考组是指日本国家公务员考试的综合职、上级甲种、I种等合格者。以日本警界为例,合格者入职就是警部补,被视为精英中的精英。
2 "十一"在日语中的发音为"juichi",音同"啾咿"。

就好了。唉，可太不走运了！"

小松崎昨天刚看过图鉴，知道"集齐"是何意——一次性听到所有在日本现身的杜鹃属鸟类的叫声。

不，不仅如此。

巢寄生——木村列举的四种鸟，都有将卵产在其他鸟的巢中，由义亲代为孵化育雏的习性。

5

安田明子。

他设法问出了姓名和坟墓的所在地，仅此而已。

为无依无靠的入住者建设的公墓就在养老院后面的小山丘上。

下排右起第三个。小松崎按木村说的找去，果然有块手工制作的小墓碑。半截埋在地下的石头布满青苔，仿佛封印着逝者的喃喃自语。

小松崎蹲在石头跟前，双手合十。

如果她还活着，便是七十七岁——这意味着她是在十六七岁时生下的小松崎。

她兴许是看到了祖母家挂着的接生婆招牌，视其为救命稻草。你是我们捡回来的弃婴——父亲说不出口，于是急中生智给儿子编了个故事。

春风吹拂，悄无声息。

小松崎站在此处，"雾山郡"一览无余。

既非谢意，亦非恶意。

安田明子在养老院看到了报纸上刊登的"新任署长简介"。"小松崎"并不是常见的姓氏。和接生婆的招牌一起牢牢刻在记忆中的门口名牌上也写着这个姓氏。年纪也对得上。想必她当时便意识到，这个小松崎就是自己的儿子。

她请养老院的工作人员查到了东部署的地址，买了一张贺年明信片。她是用不灵活的右手写的，还是用了不常写字的左手……

寒来暑往。明信片寄了一张又一张……

这应该是她生活中仅有的乐趣。

她应该在为小松崎骄傲。

她应该也期盼着，有朝一日小松崎能找到她，见她一面。

所以她写下了"雾山郡"。那三个字，是怀着些许希望与期待的祈祷。

小松崎松不开手，掌心渗出汗来。

巢寄生……

新上任的木村院长肯定也跟老人们讲过杜鹃属的习性。

安田明子的心弦被触动。她定是联想到了将孩子托付给陌生人的自己。

于是她便走向了榉树林？

用一双不方便的腿？

她怀揣着怎样的念想？

是内心受尽煎熬，是终日悔过自责，还是对十三年后仍未现身的儿子感到绝望？

她选了一片榉树林，作为人生的终点——

树林近在眼前。通往树林的小路也在视野中。

小松崎的眼前浮现出一道拄着拐杖缓步前行的背影。瘦小佝偻，体重只有二十八公斤的老妇人的背影。

小松崎闭上眼睛。

——早点儿来就好了，再早点儿来……

一滴泪水落在脚边的墓碑上时，那种全身细胞吵嚷不止的感觉便如雾散一般消失了。

6

三月三十一日。晴空万里——

小松崎一早便忙个不停。

六点整，美佳从仙台打来一通语气郑重的电话。紧接着便是昭彦从埃及打来的国际长途。

六点半，各大报社的记者们涌向宿舍，送了他一台笔记本电脑。"女犯杀手小松崎可不能变成糟老头子！用它多上上色情网站,包您老当益壮!"记者们难得放肆,逗得小松崎忍俊不禁。

八点多到达本部。他把一楼到六楼都跑了一遍,跟各课同事道别,回到部长办公室时都过十点了。只见继任者田崎正用抹布擦着被小松崎搞得一塌糊涂的办公桌。小松崎一嗓子把人轰走之后,高岛课长和津田副课长拿来一堆无关痛痒的文件。两人站得笔直,盯着小松崎签字盖章。

十一点,他在搜查一课办公区对一课、二课和鉴证课的下属们做最后的训示。

愿你们心怀炙热的灵魂和质朴的正义感,继续对抗天下万恶。完毕!

小松崎在一张张紧绷的面孔中寻找仓石那张堪比黑社会的脸。不过,仓石从不在这种一本正经的场合现身,又岂能指望人家来听自己最后一次训话呢。他不禁对自己苦笑。

"时间差不多了,请到楼下集合!"十一点半,警务课员来叫人了。退休典礼将在十二点整举行。所有退休人员从本部门口走向停车场的面包车,县警全体职员夹道欢送。之后,一行人将乘车前往厚生会馆参加退休宴。

L县警刑事部长"女犯杀手小松崎",要不了多久,他就会变回什么都不是的小松崎周一。他扣好制服上的扣子,戴上白手套,拿起帽子,走出部长办公室。他一路都没回头。兢兢业业四十二年,始终如斯。

小松崎乘电梯下到一楼。大批退休人员聚集在走廊。听说今年退了四十三个，每张脸都叫人倍感怀念。不少人是在基层片区和派出所退休的，所以其中也不乏阔别五年乃至十年的面孔。"哟！""好久不见！"一连串的问候与握手。每个人都喜笑颜开。刻着四十年风霜岁月的老脸，悄然变回了刚入职时把酒言欢的红脸膛儿。

虽置身感动的海洋，小松崎却仍在余光中寻找，所以立刻发现了穿过人群而来的仓石。

仓石主动搭话："总算是赶上了。"

"你也来送我？"

"才不是呢。我来向刑事部长做最后一次汇报。"

"什么汇报？"

仓石懒懒的转了转脖子。

"还不快说。再过几分钟，我可就不是部长了。"

"那个老太太的案子——我断定她死于意外。"

激流涌上心头。

饯别礼——

"三成变成了十成？"

"没错。"

"不必勉强。"

小松崎满怀感激，感激仓石特意赶来对他撒这个谎。

谁知——

"你想多了，"仓石眼神一凛，"我找在养老院照顾老太太的工作人员问过了。听说老太太在出事前不久,总说想去听鸟叫。"

"听鸟叫……?"

"听北鹰鹃的叫声——部长,你有没有想起什么?"

小松崎眨了眨眼。

啾咿……

最先想到的,就是院长模仿北鹰鹃叫声时自己生出的尴尬。

"啊……!"小松崎不禁喊出了声。

他想起了一段孩童时代的记忆,是听过的。他在很久以前听过北鹰鹃的叫声。但直到片刻前,他都没想过那竟是鸟叫。

那是在放学路上。走着走着,他突然有种"天上有人在叫自己"的感觉。

周一[1]——

"呃……请排成两列!"警务课员高声喊道。

小松崎仍是瞠目结舌。

周一。原来给他起这个名字的不是父母,而是安田明子……所以听完院长的模仿,她便生出了去榉树林的念头,只为了听一听真正的北鹰鹃的叫声——

不,不一定。

母亲她……

---

[1] 鸟鸣声"啾咿"与"周一"的日语发音相似。

嗯,她也许是抱着赴死的念头去的,想让北鹰鹃的叫声送她最后一程……

"是意外。"仓石如此强调。

"可……"

"我还有别的依据。"

"什么……?"

"我可从没验看过有引以为傲的儿子却自寻短见的母亲。"

仓石轻抬右手,伸出两根手指,在太阳穴旁一划。

当小松崎意识到那是在敬礼时,仓石已然背过身去,迈开步子。

"仓石——"小松崎喊了一声,仓石却没有回头。

突然,在门口列队的县警乐队奏响乐声。

《友谊地久天长》。

——混、混账东西……!

小松崎险些骂出声来。

去年跟前年用的都是豪气冲天的进行曲,今年怎么偏偏选了《友谊地久天长》?这么煽情的主意到底是哪个兔崽子——

骂归骂,胸口却已是一片滚烫。

"请大家往外走!"警务课员催促道。

你让我走,可我哪能顶着这副面孔——

哟,周围的每张面孔都是涕泪交加。

管它呢——

小松崎走出大门。

震天动地的掌声。"辛苦了！""多保重！"一大束鲜花被人塞进怀里。几百张笑脸映入眼帘。

"感谢大家这些年的关照。"自己好歹挤出一句话来。

之后便是语不成声。

什么都看不到，什么都听不见。

小松崎在众人的欢送中走向面包车，心中唯有一念：千万别摔了。

声　音

1

去死吧！你这样的女人就该赶紧去死！去死！去死！有多远死多远！

心如鹿撞。

穿和服好呢，还是穿洋装好呢？斋田梨绪在穿衣镜前犹豫许久，终于穿上一件米色西装。可衣服一上身，她又开始纠结了。自己好歹学过和服的穿法，要不还是穿和服吧？梨绪摇摆不定。听讲座时看到的俊朗容颜早已深深烙在眼底，但老师是第一次见她。大过年的，还是穿一身优雅的振袖[1]和服登门拜访吧，这样应该能给老师留个好印象。

然而在最后关头，想戴珍珠项链的念头胜了一筹。那是母亲的遗物。反正也来不及梳发髻了，而且穿西装更显成熟。要是被老师当成了小姑娘，那可就全完了。梨绪越想越觉得这才是头等

---

[1] 振袖是日本和服的一种，根据袖子长度分为大振袖、中振袖和小振袖。——编者注

大事，于是断了对振袖的念想。

家中寂静无声。

姑姑和姑父一早就出门拜年了。能在走廊上踩出"啪嗒啪嗒"的脚步声，而不用顾及任何人，这种小小的解放感让梨绪很是痛快。如果这个时候还要蹑手蹑脚出门，躲着姑父黏在她背上的目光，那可太扫兴了。她倒是想跟"妹妹"宏美显摆显摆，可惜宏美参加了高中的交换项目去了澳大利亚，要到夏天才回来。

——等宏美回来的时候，我跟老师会不会有什么进展呢……

梨绪抬手捂住胸口，心跳如擂鼓，好烫好烫。和那天一样。

事情要从十一月举办的大专建校五周年纪念讲座说起。校长和嘉宾的无聊致辞没完没了，梨绪只得拼命忍着哈欠。谁知特邀讲师一上台，困意便被轰去了九霄云外。不单单是梨绪，周围的女生都戳了戳身边的姐妹，盯着讲台，甚至有几群人发出尖叫。

讲师长得太英俊了。身材高挑，小麦色的皮肤，五官威风凛凛。清秀的眉眼更令人过目难忘。介绍讲师的资料上写着"心理咨询师，见供政之（四十一岁）"。真的假的？梨绪望向讲台上的人。那张朝气蓬勃的脸，怎么看都只有三十岁出头的样子。嗓音也是嘹亮而有张力。他演讲的主题是"压力环境与心理健康"。中老年上班族的"空虚病""微笑抑郁症"和"抵触回家症"都很耐人寻味。因惧怕细菌不停洗手的"浣熊综合征""自身体味恐惧症"和"减肥成瘾症"都能在梨绪周围的朋友里找到实例，听得她不由得捏了一把汗。

讲座在热烈的掌声中落下帷幕。梨绪也用不输给任何人的热情使劲鼓掌。见供本人确实引人瞩目，但讲座的内容也确实很有意思。

梨绪痛下决心，写篇听后感吧。原因大概有两方面。如果讲座很无聊，她肯定是不会写的；如果见供相貌平平，她当然也不会提笔。所以，她抱着"这是半封情书"的念头，将听后感寄了出去。听后感是十二月中旬写好的，她便用了点儿小心机，在信封里附了张圣诞贺卡，一打开就会唱圣诞歌。

这一套下来，梨绪便过足了瘾。没想到，她竟收到了见供的贺年卡。

"听后感甚是精彩。欢迎你寒假来我家做客。"

梨绪冲回自己的房间，高兴得一蹦一跳。于是昨天，她又做了一个重大决定，拨打了印在明信片上的电话号码。

"明天下午行吗？妻子去世后，我就没过过像样的年啦。"

梨绪没有异议。"单身"二字直戳天灵盖。她发现自己竟在为他人的死窃喜，但涌上心头的欢喜并没有被浇灭。

——跟做梦似的。

梨绪在厨房做早餐时心想。她的恋爱经验寥寥无几，从没主动出击过。正因如此，才更容易过度解读自己的大胆行为，品出超越一见钟情的情愫来，激情无限膨胀。吐司都只吃下了半块不到。在刷了不知道是今天的第几遍牙齿后，她匆匆上了二楼。

梨绪坐在梳妆台前，她把脸凑近镜子，用手指描画散落在鼻翼两旁的雀斑。上初中的时候,她天天为这些雀斑发愁,但到了可以化妆的年纪,自卑感就淡了许多。其实梨绪脸上的雀斑正是她肤白的体现,而这种通透的白皙为她朴素的面庞赋予了几分优雅与缥缈,倒也不坏。要是眼睛再大一点儿就好了,但考虑到整体的平衡,这样兴许也不错。

化好淡而精致的妆,抹上新款口红时,梨绪开始着急了。床头的闹钟已指向一点。虽说这钟快了五分钟,但留给她的时间也不多了。

梨绪刚小跑着冲了出去,却又轻喊一声"糟了",原路返回。她走向窗边的金鱼缸。两条朱红色的和金[1]察觉到梨绪的到来,摇头摆尾浮上水面。她从塑料容器里捏起一撮饲料粉,撒进水里。梨绪看着它们竞相吸食的模样,微笑着说道:"我走啦。"说罢还用涂了指甲油的指尖戳了戳鱼缸。

梨绪开着嫩草色的轻型汽车出门了。

在这种空气清澄的日子,山看着格外近。县界处的山峦在碧蓝的天空下探出头来,山顶好似银箔制成的工艺品。开去见供政之居住的相野市只要一小时不到。路况很好。倒不是因为过年,而是因为梨绪出生长大的北沼町不是什么大镇,与人口稀少的村子无异,放眼望去尽是农田。

县道直直向南。过了小桥,驶入邻镇后,梨绪的心顿时轻快

---

[1] 日本金鱼中古老而常见的品种。

不少。每次都是如此。一过桥，便有种"逃出来了"的感觉。

路边冒出了弹珠店[1]和大型书店，梨绪就读的爱育女子大专的尖顶映入眼帘。她的姑父很是富有，名下有好几座山。梨绪五岁时父母双亡，多亏姑姑和姑父收留，不光供她读完了高中，还送她上了大专。梨绪感念这份恩情，却害怕姑父的目光——仿佛缠着她不放的目光。姑姑早已有所察觉。梨绪一穿比较暴露的衣服，姑姑就一整天不跟她说话。

逃出去。所以她要逃出去……

汽车开进相野市。大致路线已经在电话里问好了。开过市政厅，再往前一个路口右转。第二个十字路口左转，然后留意右手边的招牌就行。

她很快就找到了——见供诊所。

梨绪在脑海中复述老师的指示。"按箭头往坡上开，就会看到一栋贴着白瓷砖的小楼。但别进正门，记得绕墙开到后面去。"一路开去，果然看到了"顶上铺着瓦片，跟旧时遗迹有得一拼的老房子"。门松、稻草绳、旗子，传统迎新摆设一件不落，一看就是摆惯了的，散发着"名门望族"的气场。

梨绪顿时心生畏怯，心怦怦直跳。

"打扰了。"

她拉开外侧的格子门，留出与身体同宽的缝，彬彬有礼地打

---

[1] 日本带有赌博性质的娱乐场所。——编者注

了声招呼。无人应答。她深吸一口气,正要提高音量再喊喊看,屋里却传来一声"来啦",玄关的玻璃门随之一动。

背脊佝偻得看起来比头还高的老婆婆迈着与外表极不相符的轻快步伐迎了出来。她殷勤地鞠了一躬,本就弓着的腰弯得更厉害了。

"是来过电话的小姐吧?政之少爷跟我提过,快请进吧。"

老婆婆走进屋里。出来的时候有多快,进去的时候就有多快。她的背影不停地小幅摇摆,若将交叠于背后的双手当作翅膀,还真有点儿像遛弯儿的鸭子。梨绪"嘻嘻"一笑。不是因为那神似鸭子的步态,而是因为她的思绪追上了老婆婆方才提到的"政之少爷"。见供的出身肯定很好,八成是医生世家。梨绪只觉得自己揭开了一层神秘的面纱,紧张情绪有所缓解。

她被带去一间有壁龛的日式房间。面积约莫八叠。梨绪文雅地坐下,理了理裙子的下摆。

走廊传来脚步声。

梨绪顿感脸颊发烫,想必是羞红了脸。

推拉门开了。

"新年好呀。"

梨绪双手点地,磕头行礼:"祝您新年快乐。"

"哟,是不是应该先说'初次见面请多关照'呀?"

"啊……嗯,是呢。"

抬起的眼眸捕捉到了见供的身影,梨绪不由得松了一口气。

她一路上都很纠结。万一老师穿着和服怎么办？大过年的，还是穿振袖和服比较好吧？所幸眼前的见供穿着洋装，而且是与梨绪的穿着相似的米色羊毛西服。

"欢迎欢迎。没迷路吧？"

"嗯，挺好找的。"

"那就好。"

"多谢您寄贺年卡给我，我高兴得都跳起来啦。"

"哪有这么夸张啦。我才吓了一跳呢，没想到是位这么动人的姑娘。"

听着不像是恭维，梨绪欣喜若狂。

"话说你的名字……是念'rio'吧？"

"是的。"

"斋田梨绪……真是个好名字。"

"我也很喜欢。哦，我原来姓伊藤，五岁的时候被姑父收养，这才改姓了斋田。"

见供眉头微蹙。

"嗯，听后感里你提到过父母双亡……是出了什么意外？"

"车祸。说是我母亲开车的时候不小心过了马路中间的分割线，迎头撞上一辆卡车……"

梨绪还依稀记得幼儿园老师脸色煞白地跟她说了什么。她坐姑姑的车回到家，家里并排放着两副白色灵柩。没有流泪的记忆。不记得当时有什么感觉了。也许她当时过于年幼，无法将那从天而降的悲剧视作现实。"

见供连连点头，用欢快的语气驱赶房中的阴郁。

"不过你的听后感真的很精彩。我在很多地方办过讲座，你是头一个把感想总结成一篇论文寄给我的，还是整整三十页。费了不少功夫吧？"

"还好啦，主要是受了您的启发。"

"不用谦虚，你写得很好。对乡村特有的压力做的分析很有说服力。"

"您过奖了……"

梨绪露出羞涩的微笑。也许那并非论文，而是她发出的求救信号。她将生活在另一个世界的"老师"视作救命稻草，牢牢抓住，将多年来无法对他人道出的万千愁绪写成了三十页听后感。

她受够了村里的生活。街坊邻居仿佛对衣柜里装着什么都一清二楚，叫人郁闷；去哪里买东西花了多少钱都会闹得天下皆知，叫人烦躁；每个人的相册都大同小异，叫人窒息。无论多少年过去，都甩不掉"可怜的小梨绪"的标签，自己时刻都得摆出一副阴郁哀伤的嘴脸。

"要不要来点儿红茶？"见供如此说道。脸上浮现出淘气的笑。

"可……"

老婆婆已经给他们上了茶，刚走出房间没多久。梨绪一时语塞。

"是我想喝啦。嬷嬷平时只给我泡日本茶。我倒是让她泡过一次红茶，结果她像泡速溶咖啡那样，把茶叶直接倒进杯子里，再往里头加热水——"

两人对视一眼，双双笑了出来。

他们一起去了靠里的西式房间。见供消失片刻，拿来一壶热水。

"啊，我来吧。"

"没事没事，我泡的红茶也不错呢。"

"那就麻烦您了。"

梨绪已然高兴得忘乎所以。大专的同学们要是知道了会是什么反应？去大家的梦中情人家做客，老师还亲手为她泡了茶。连抢跑的负罪感都变得分外甜美了。

"梨绪，你多大啦[1]？"

"呃……一颗吧。"

"没问你加多少糖，问你几岁啦。"

两人又同时笑了起来。

"一岁就成小宝宝啦，我十九岁了。"

"哎哟，十九岁啊。差点儿就加白兰地了。"

被见供这么一逗，梨绪下意识地娇嗔道："有什么关系嘛，我三月就满二十岁啦。"

---

[1] 原文是"いくつ"，"加几颗糖"也是同样的问法，所以梨绪误会了。

"好好好，那就稍微加一点儿。"

见供眯眼笑道，从餐具柜里拿出一瓶看着很高档的洋酒。

片刻后，印花茶杯摆在梨绪面前。

"请用。"

"太不好意思了，那我就不客气啦。"

梨绪的酒量特别差。啤酒喝上两三口，脸和手指就会变得粉红，心跳也会加快。奈何面前的红茶散发着难以形容的香味。

她轻抿一口："真好喝。"

"哦？那就好。"

也许是那一滴白兰地起了作用，两人越聊越欢。无论是两人之间的对话还是见供本身，都令梨绪如痴如醉。

"你的项链真好看。"

"是我妈妈的遗物。"

见供的夸奖令梨绪心花怒放。她莞尔一笑。可就在这时，她感到了轻微的眩晕。

"怎么了？"

"啊，呃……没事。"

"是不是因为加了白兰地？"

"不会吧，我酒量再差也不至于——"

话说到一半，梨绪却生出一抹焦虑。

焦虑来自见供目光的走向。目光一路向下，仿佛在描画梨绪的身体曲线。这是她内心深处暗暗期许的，却像极了"姑父的老毛病"。

晕眩感加剧。

某人的声音在耳边响起。

去死吧！你这样的女人就该赶紧去死！去死！去死！有多远死多远！

2

周一清晨，死讯传来。

等车来接的时间里，三泽勇治站在机关宿舍的厨房，呆若木鸡。二十年的检察官生涯早已让他练就了处变不惊的本事，刚才那通电话却成了例外。

斋田梨绪自杀了——

三泽觉得嗓子冒火。

梨绪落寞的神情浮现在眼前。她的老家在福岛的山村。从大专退学后改上四年制大学。毕业后一边工作，一边备战司考。二十八岁成功上岸，三个月前来到L地方检察院实习。她已经在法院和律师事务所实习过了，在地方检察院再实习一个月，便能回到东京的司法研修所，完成了后期课程就能正式跻身司法界。

她是一位肌肤白皙通透，浑身都是谜的女性，更有着男人难以抗拒的神秘魅力——

屋外传来车喇叭声。

三泽拿起公文包,走出宿舍。妻子说了什么,但他一个字都没听进去。

他坐进公务车的后座。驾驶座上的助理浮岛没有回头。两人都没打一声招呼,车便驶向了梨绪陈尸的公寓。

几分钟后,三泽开了口:"确定是自杀?"

浮岛的左眼出现在后视镜中:"错不了,毕竟是县警的仓石验的。"

"怎么死的?"

"说是菜刀扎进胸口。"

"什么时候的事?"

"大约两小时前。"

"自杀的原因呢?"

"不清楚。"

"……"

又过了几分钟,三泽说道:"你说斋田为什么自杀?"

"我不知道。"浮岛不假思索道,镜中的左眼看向三泽,"您怎么看?"

"天知道。"三泽即刻回答。

等红灯时,车内的空气凝重无比。三泽的胸口也闷堵至极。既非厌恶,亦非憎恶的漆黑情绪激烈对流,针锋相对,几乎要爆发出喊声。

绿灯还没亮，忍耐便已突破极限。

"浮岛——"

"嗯？"

"你是不是知道些什么？"

后视镜里出现了两只眼睛，讶异的目光落在三泽身上。

"您这话是什么意思？"

"绿了。"

浮岛移开目光，发动汽车。他看着前方，再次问道："检察官，您这话是什么意思？"

"你不是老找她谈心吗？"

"您不也是吗？"反问里带着火药味。

三泽凝视着浮岛的背影。在斋田梨绪被派到三泽检察官办公室之前，他本是个耿直、听话的检察官助理。

再相互试探下去又有何用，改写了办公室气氛的梨绪已经死了。

三泽抓住副驾驶侧的座椅，探出身子，对浮岛的侧脸说道："听说你老婆找我老婆打听我们最近是不是很忙，因为你总是很晚回家。"

浮岛瞥了三泽一眼："您太太也找我老婆抱怨过，说您最近总是心神不宁，还讲究起了上班穿的衣服——"

两人双双沉默。

三泽心绪起伏。他也好，浮岛也罢，这阵子确实都不太正常。

梨绪并不是一等一的美女。她的皮肤白得出奇，容貌也生得不错，但眼神晦暗，总的来说更偏朴素。初次见面时，梨绪便明确表示"我想当法官"，这也削弱了三泽对她的兴趣。他也提不起劲来教一个打定主意要当法官的人该怎么做检察官的工作。所以，他一度比较关照和梨绪一起被派来L地方检察院实习的安达久男。

安达看上了梨绪。他是那种莽撞蛮干型的人，对梨绪强势出击，但她不理不睬。即便如此，安达还是在每次聚餐时列举梨绪的种种魅力，绝口不提《刑事诉讼法》。听得多了，三泽便也被洗了脑，觉得他说的好像也有那么几分道理。

但三泽并没有因此将梨绪看作异性。那时他还抱着远远观望的态度，只当那是"年轻人之间的事情"。是三泽随口说的一句话，让局面产生了微妙的变化。实习期过半时，他半开玩笑地对梨绪说道："要不你就收了安达吧。"他永远忘不了梨绪当时露出的表情，似是愤怒，又带着些许哀伤。她如此回答："我对小年轻不感兴趣。"四十七岁的三泽心头一颤，四十二岁的浮岛也在场。

说来惭愧。得知梨绪对恋爱对象的要求之后，他才将人放在心上。"平平无奇的女人"在三泽心中悄然蜕变。茶褐色的眼眸，透光的薄耳垂，嘴唇的轮廓，声音，话语，还有酸酸甜甜的香味。一切的一切都是那样动人。他甚至觉得，也许他一开始就动了心，只是一直在欺骗自己，在压抑自己的感情，以免涉足险境。他知道浮岛也落入了同样的"陷阱"。只要有梨绪在，狭小的检察官办公室就会被青涩而紧张的气氛笼罩。

车子卷入了早高峰。

他们本可以将红色的旋转式警示灯放上车顶，杀去空空如也的对向车道。但浮岛没有提，三泽也没有下令。

梨绪为何自杀？

三泽想先明确真相，再去面对梨绪的尸体。他对浮岛的疑念在心底翻腾，带着火气的言语脱口而出。

"你跟斋田好过？"

"您呢？"

"我可没有。"

"我也没有。"

沉默降临。

三泽换上检察官的口吻。

"你为什么让她审吉田元治？"

"不是您批准的吗？"

"因为你说他涉嫌盗窃。"

然而，吉田的罪名是强奸致伤。让实习生审轻罪的嫌疑人并无不可，但强奸是重罪，让女实习生去审更是胡闹。

"是我一时大意。"

"骗谁呢？"

三泽看透了浮岛的心思。浮岛已对梨绪一往情深，但他是检察官助理，而且有家有室。他无法直截了当地表达自己的心意，终于在种种苦闷的驱使下做出了带有施虐色彩的行为，堪称性质恶劣的性骚扰。梨绪受了惊吓，他便能乘虚而入。他十有八九打着这样的小算盘。

事态的发展正中浮岛的下怀。"让梨绪审问强奸犯"带来的结果却远超他的算计。

吉田元治欣喜若狂。他用目光舔舐梨绪的身体，得意扬扬地讲述他是如何侵犯了被害者，不放过一处细枝末节。梨绪表现得很坚强。她瞪着吉田，不时抬高嗓门儿，继续审问。然而，当吉田冷笑着说出"再清高的女人到了最后都会主动凑上来"的时候，梨绪的泪水夺眶而出。她呻吟般地说道："我也经历过强奸，和被人弄死没什么两样。"

自那时起，梨绪和浮岛的关系迅速升温。

"你和斋田总是大半夜还待在办公室，保安撞见过好几次。"

"她找我谈事情而已。"

"还不是你刻意引导的。"

三泽一加重语气，后视镜中的眼神便犀利了几分。

"您不也常跟她谈心吗？"

"不然呢？从那时起，她就开始经常请假了。"

后视镜中的眼睛似乎微微一笑。

"有什么好笑的？我是担心她，跟你不一样。"

"您知道多少？"

"知道什么？"

"强奸的事情。斋田跟您说了多少？"浮岛的语气中带着挑衅。

"她告诉我，上大专的时候，她被自己崇拜的心理咨询师下药迷奸了。"

"就这些？"

"什么叫'就这些'……？"

"她很小的时候，父母就出车祸双双去世了。"

"这我知道。"

"后来是姑姑、姑父收养了她，但姑父猥亵过她。"

三泽倒吸一口气。这是他从未听说过的。

"姑父每晚都拿着糖果进她的房间。被咨询师侵犯的时候，她清楚地记起了那些事。大概是因为那些记忆过于可憎，她潜意识里想要抹去，可遭到侵犯的刺激迫使她想了起来。于是她逃来了东京。她下定决心要审判男人，所以才参加了司考。"

想要审判男人。梨绪只跟三泽提过这个结论。

故事确实令人震撼，但梨绪已经不在了。三泽对浮岛的嫉妒和憎恨，远超对梨绪的同情。

"你跟她睡过？"

浮岛转过头来，咬牙切齿，目眦欲裂："小人多疑！"

三泽也炸了："谁才是小人！谁在用下三烂的手段笼络女

人!都怪你让斋田去审那个强奸犯,她才会出问题!你还不明白吗?就是你把她逼上了绝路!"

"你也半斤八两!你上周对她做了什么?"

"我?我做了什么?你给我说清楚!"

后车按了喇叭。

浮岛一脚油门,冲过十字路口,跟上前车。后视镜中现出一双强压着怒火的眼睛。

"您不是带她去旁观司法解剖了吗?"

"那又怎么样?这是实习的必经环节,每个实习生都至少要旁观一次。"

"为什么西田教授操刀的时候不带她去,偏偏要在大井助教操刀的时候去?他就是个变态,甚至会让在场的女警摆弄死者的阴部。"

"我也不是特意选了大井操刀的时候。"

"而且那天的尸体是个年轻的女人。大井兴奋得不行,跟斋田说——"

瞧瞧,这尸体的身材都比你好——

"大井确实是人渣,但——"

浮岛打断了他:"你却偏要把斋田送到那个人渣面前。她当时是什么神情,您不也看得清清楚楚吗?"

梨绪身穿白大褂的模样浮现在三泽的脑海中。

她凝视着解剖尸体的大井,全程纹丝不动,眼含诡异的光。

不难想象,她定是对兴高采烈地割开女人身体的大井产生了强烈的厌恶。

梨绪居住的公寓出现在汽车挡风玻璃的前方,楼下停着几辆警车。

浮岛淡然道:"我承认,是我故意安排斋田去审吉田元治的。检察官,您也别嘴硬了。您也让大井助教扮演了吉田的角色,试图动摇她的心,好乘虚而入。您感到她心中的天平倾向了我,所以坐不住了。"

"我没有。"

"事后聚餐的时候,您一直坐在她旁边温声细语,拼命讨好,说什么'我也知道你不好受,但经历一下那种场面对你没坏处'。"

"混账,你竟敢偷听!"

"我懂您的感受,懂得不能再懂了。"

"住口!你懂什么!"

"她似乎有某种魔力。一旦动心,就回不了头了。"

刹那间,两人的视线投向半空的同一高度。

"解剖是周四做的。从那天起,斋田就不对劲了。聚餐的时候几乎没说过几句话。周五也是一副闷闷不乐的样子。双休日一过,她就自杀了。"

"你怪我?"

浮岛把车靠向公寓,用不带感情的语气说道:

"是的,她自杀的原因就是那场解剖,是你逼死了她。"

3

两人在电梯里一言不发。

三泽的胸口泛起苦涩。他们互相指责了一路,却不得不承认:为吸引斋田梨绪的注意耍的小花招,让他们成了二次伤害的共犯。

然而……

他实在不觉得,那就是梨绪自杀的全部理由。

毫无疑问,梨绪对男人心怀憎恶。审问强奸犯、旁观大井助教的司法解剖让她想起了可恨的往事也毋庸置疑。可她明明决意"审判男人",为跻身司法界不懈努力了多年,通过司考绝非易事。更何况,她的前半生走了一条与"学术精英"无缘的路。为了上岸,她定是呕心沥血。这样一个人,怎么可能因为接触到男人的丑恶与兽性就选择自我了断呢?

也许我在逃避责任。若将梨绪之死归咎于自己,这检察官就当不下去了——客观的三泽如是想。

他目视前方道:"我没睡过她。你呢?"

透着克制的声音传来:"没有。我敢对天发誓。"

他们在七楼下了电梯。

七〇三室房门敞开。几名县警的鉴证专员进进出出，好不忙碌。有人拿着证物袋，里面装着染血的菜刀。

"我是地方检察院的三泽，能进了吗？"

"可以了，差不多弄完了，不过还是穿下鞋套吧。"

三泽与浮岛穿好对方递来的鞋套，直起身子，交换暗淡的眼神。梨绪的尸体就在里面。

稳住。三泽在心中默念，跨过七〇三室的门槛，穿过短小的走廊，约莫十叠的空间豁然出现。

"啊！"先喊出声的是浮岛。

"这……！"三泽也惊呼道。

难以置信的景象。

大量的纸散落在一室户的地板上。或许说"地上铺满了纸"还更贴切些。地板被纸盖住了大半，都是传真纸。每张纸上都有大而潦草的字迹。

"去死吧！"

"你这样的女人就该赶紧去死！"

"去死！去死！有多远死多远！"

梨绪就在传真纸铺就的地毯上，呈斜着倒下的跪姿。她背靠床，双膝跪地，双手耷拉，头也垂着，头发遮住了脸。要不是上衣的胸口被染成了一片血红，兴许看到的人会误以为她在打瞌睡。

三泽已是六神无主。没有心痛，亦无哀叹。他甚至想不出该对梨绪说些什么。

"真是自杀吗？"

好不容易挤出来的一句话，是不加任何修饰的感想。

听到这话，窗边的男人转过身来。

那是L县警的仓石义男，当了足足八年验尸官的"尸体清道夫"。

"谁让你们进来的？"

"你、你说什么……？"

三泽顿时热血上脑。一个县警的调查官竟敢对他出言不逊——

"验尸本是我们的工作，为了方便才交给了你们，你可别忘了。"

仓石狠狠瞪了他们一眼："那你来验？"

三泽语塞。别说是验尸了，地方检察院连个会采集指纹的人都没有。

"少啰唆。给我们解释解释，这怎么就是自杀了？"

"看现场不就一清二楚了吗？"

"就是因为看了才问你，就不可能是他杀吗？"

"不可能。"

"那这一地的恐吓信算怎么回事？"

仓石缓缓眨眼："你想定成他杀？"

这句话刺穿了他的胸膛。怎么可能？然而他分明感觉到身旁的浮岛也僵住了，顿时不寒而栗。我们想把这案子定成他杀？为了逃避责任？

——胡扯。

三泽甩掉这个念头，却无法扫清恐惧。自己内心的真实想法被仓石看穿了，被他硬逼了出来。不，不对。区区县警调查官，又岂会了解检察官办公室的内情。他本也不希望这是他杀。梨绪没理由自杀。眼前的光景像极了他杀现场。他不过是有感而发罢了。

"你凭什么断定是自杀？"

"比如这个。"

仓石兴致索然，把头一转，目光的落点是放在飘窗上的金鱼缸。一尾和金在缸底游动，鱼鳃一开一合。旁边的塑料容器也许是饲料盒。

"金鱼跟自杀有什么关系？"

三泽话音刚落，却见一位年轻的鉴证专员冲向仓石，似是有事汇报。情急之下，三泽开口催促，仓石却抬手示意"慢着"。

三泽不禁咂嘴，看向浮岛。浮岛的侧脸血色全无。他正凝视着梨绪，攥紧拳头。拳头微微发颤。

用情之深可见一斑。

三泽自己呢？

他无法正视梨绪，一直看着别处，因此生出的负罪感正缓缓侵蚀着他的胸膛。

"你怎么看？"

浮岛没有回答。

"是自杀还是他杀？"

"……我不知道。"

"这些恐吓信呢？"

"我……不知道……"

在车中竖起的刺，已被连根拔起。

"稳住了，别让仓石看出端倪。"

三泽对浮岛耳语道，呼出一口浊气，环顾四周。

房里的东西很少。单人床、小桌、垂叶榕盆栽。左边的架子上摆满法律书籍。右边的架子上放着带传真功能的电话，上面还挂着一张打印出来的传真纸。纸上也有潦草的"去死！"。

梨绪就在垂叶榕边。三泽又把视线移开了，只觉得眼底发烫。

他望向仓石。鉴证专员的汇报似乎结束了。

"虽说是实习生，但总归是自己人。我想尽快知道验尸结果。"

"那天她也在解剖室吧？"

仓石说的是上周四的司法解剖，他也在场。

"闲话少说，还不快给出自杀的依据！"三泽厉声道。

仓石面不改色："伤口看过没？"

"还、还没……"

仓石跪在尸体边，用手指拉开上衣扣合处，露出伤口。

"刀插入时与地板平行。如果人是蹲着的时候被捅的，伤口会出现向下的角度。"

三泽只向前迈了一步，浮岛似乎没动。

梨绪的鼻梁进入视野，还有那白皙的脖颈……

他的嘴不受控制地动了起来。

"万一她是站着的时候被捅的呢？就没有可能是被捅了以后才以下蹲的姿势倒地的吗？"

仓石直起身，扬起下巴示意那盆垂叶榕。

"叶子上有血迹吗？"

看不出来。

"鲁米诺反应[1]也呈阴性，但是——"

仓石摘下垂叶榕的叶子，翻了过来。离得老远的三泽都能清楚地看到，叶子背面有喷溅状血迹。

"血迹只存在于背面，不可能是站着被捅。"

三泽险些点头，却想起了最大的疑问。

"那这堆传真是怎么回事？不是凶手捅死斋田以后撒的吗？"

"你瞎啊？看仔细了。纸在尸体下面，血迹在纸的上面。是这个女人自己撒了纸，然后捅了自己的胸口。"

三泽怔住了。

"自己撒的……？"

"不光是撒，发传真过来的应该也是她本人。"

---

[1] 鲁米诺是一种用于检测血迹的化学试剂，遇到血迹会被氧化从而发出蓝光。——编者注

"啊……？"

"简单得很。她可能是从便利店发过来的，不然就是检察官办公室。"

仓石的声音在空转的脑海中回荡。

"笔迹已经在验了，电话记录也在查，迟早会出结果。"

"等等！"三泽的嗓音都发尖了，"为什么斋田要做这种事？给自己发恐吓信？这也太荒唐了，说出来谁信啊！"

"信不信由你。"

"信不信由我？混账东西，少他妈信口开河！"

"分离性身份识别障碍[1]……"浮岛瞠目喃喃道。

三泽一时间都没反应过来。分离性身份识别障碍——

"肯定是这样。我一直觉得斋田有多重人格……她有多重人格也不足为奇。"

确实。三泽恍然大悟。

他垂眼望向那些写着潦草大字的传真纸。字里行间透着狂暴与充满恶意的狠毒。如果这都是梨绪写的，那肯定是另一个人格让她写的。不然怎么解释得通呢？

梨绪小时候遭受过姑父的性虐待。为逃避痛苦，梨绪在心中创造了另一个人格，将可恨的记忆统统转移过去。然而——

三泽再次打量传真纸上的字迹。

---

[1] 一种心因性精神疾病，曾被命名为"多重人格障碍"。

她创造的新人格，会不会是个"男人"？梨绪发誓要成为法官"审判男人"，却有一个"男人"在她心中日渐壮大。如果真是这样，那就太讽刺了。那个"男人"出现并袭击了梨绪，驱逐了"女人"。而触发"男人"出现的契机，很可能就是强奸犯和大井的司法解剖。

三泽垂下了头。

"是他杀。害死斋田的是她体内的'男人'。"

"是自杀。"

三泽怒火重燃。

"对，论性质确实是自杀，文件上也会这么写。但斋田不是自己想死。她是用被'男人'控制的手把刀插进了自己的胸膛。这你总得认吧？"

仓石嗤之以鼻："多重人格是好几个人格争夺一具身体，把身体杀了，岂不是鸡飞蛋打吗？"

三泽眦裂发指："你懂什么！她一路从炼狱走来，两个人格激烈交锋，早已到了极限，拖垮了她的灵魂和身体。这就是我的推论。"

"也不一定是多重人格吧。谁不是带着好几种人格活着呢，只是平时混在一起觉察不到罢了。"

"你想说斋田不是多重人格？"

"没有的硬说有，是对死者的亵渎。"

三泽的愤怒达到顶点："明明是你在亵渎！你对她了解多

少！我们都不知道的事，你又怎么可能知道？！"

"至少我可以确定，把刀扎进她胸口的不是你们所谓的'男人'，而是她自己。"

"少给我胡扯！你有什么证据？！"

仓石扭头瞥了眼金鱼缸。

"自己看呗，人和鱼吃饱喝足时的表情还挺像。"

"开什么玩笑！给我说清楚！你凭什么说不是'男人'捅的？"

仓石走向窗边，打开塑料容器，捏起一撮水蚤粉，撒入鱼缸。

"问你话呢——"

"闭嘴。"

水蚤如烟雾般散开，缓缓沉入水中，抵达和金眼前。只见它张开嘴，轻吸一口饲料，却又吐出了大半。

仓石回头道："瞧见没？"

"那又怎么样？不就是吃饱了吗？"

"没错。女人死前喂过鱼。她决心寻死，所以比平时多喂了些。"

"那又能说明什么？"

仓石继续解释。脸上仿佛写着一行字："话都说到这个份儿上了，还不懂吗？"

"你们所谓的'男人'，能想到这个？"

"啊……"

视野忽暗。

三泽仿佛能看到梨绪喂金鱼的模样。弯着腰,用悲伤的眼神凝视金鱼的模样——

三泽仰望天花板。

并没有什么"男人",是梨绪以梨绪的身份杀了自己。

是这样啊。她不是还记得自己遭受过姑父的性虐待吗?打从一开始,她就没有另一个可以托付痛苦回忆的人格。

不对,慢着。

"你的推论解释不了恐吓传真。"

浮岛说出了三泽的疑问:"调查官,麻烦你解释一下。难道你认为写下并发送这些恶劣恐吓的不是'男人',而是斋田本人吗?"

那口吻,仿佛他早已忘记自己是来执行公务的。

"没错。"

"我不明白,斋田为什么要做这种事?"

"为了伪装。"

"她想伪装成他杀?"

"嗯。"

"把自杀伪装成他杀又有什么用?难道你认为她是想陷害什么人吗?"

三泽顿时脸色煞白。难道她是想陷害我们……

"不,那是她用来欺骗自己的伪装。"

"欺骗自己……？"

"她想伪装出自己死在男人手里的样子。大概是想怀着对男人的恨离开这个世界吧，即便只是流于形式。"

仓石望向梨绪的尸体："她恨的不是男人。让她恨到要痛下杀手的是女人——是她自己。"

浮岛的眼皮凝住了，三泽亦然。

仓石的目光仍落在梨绪身上："我忘不了她盯着解剖台的眼神。那双眼睛仿佛在说：'快！快把她切碎！'她厌恶女人的身体。在她看来，女人的身体是肮脏的，罪无可赦。"

仓石的脸上闪过一抹无奈，走出房间。

只留下了神情呆滞的三泽和浮岛。

她憎恨女人，憎恨自己，所以杀死了身为女人的自己……

三泽咬着嘴唇。

她将性虐和强奸归咎于自己。她认定招来那些肮脏行为的自己才是最肮脏的，于是深陷自责。这些年来，她一直都恨着自己心中的"女人"。

她也知道这是不合理的。她也挣扎过，试图去恨男人。她拼尽全力，想要战胜过去。她定下"审判男人"的目标，让自己振作起来。她想用这个方法保持清廉。她披上层层盔甲，杀出一条通往法官的血路。然而——

强奸犯扯下了她的盔甲。她在解剖台前看清了自己的本性。

只能审判女人。

绝望，便是自杀的动机。

可三泽不明白，他还是想不通，想不通梨绪情绪的出发点。想不通是什么让她对"女人"恨之入骨，最终走上自我毁灭的道路。

直觉告诉他，梨绪对他们还有隐瞒。她还有秘密。她带着那个秘密，独自告别了人世。

"浮岛。"

"……嗯？"

"你有没有听她说起过什么？"

"就只有车上提起的那件事。"

但浮岛用手捂住眼睛，似是想起了什么。"啊……"

"怎么了？"

"她说——她听到了声音。"

"声音？什么声音？"

"没说那么细。"

"……幻听？"

"不好说。"

"斋田为什么要死？"

"因为她感觉到……自己审判不了男人吧。"

三泽点了点头。

"是我们害死了她。"

"没错，一点儿没错。"浮岛哽咽道。

三泽望向飘窗上的金鱼缸。

在那间解剖室里,仓石的法眼恐怕不只捕捉到了梨绪的神情。紧张窥视梨绪的三泽也在场。慧眼如炬,他又会如何看待三泽和浮岛今日在梨绪尸体前的表现?

他们不会被问罪,但是……

刑警和鉴证专员进来了,尸体即将被运走。

几人合力将尸体抬上担架。梨绪的头发黏在脸上,直到最后都没能看到她的脸。直觉告诉三泽,这也正合她的心意。

悔恨勒紧胸膛。

"她听到了声音——"

梨绪究竟隐瞒了什么?

他本该问个清楚。作为她的领导,作为一个成熟的男人,他本该为她分忧解难。

浮岛吸了吸鼻涕。

三泽双手合十。最后的最后,他没有再移开目光。

盖着毯子的梨绪被抬了出去。

4

——傻不傻呀。

梨绪暗骂自己。

她在见供的眼神中看到了"姑父的老毛病"。但这种感觉一闪而过,是她多心了。见供的目光是那样温柔,怎么看都看不腻。怎么能把见供和姑父联系在一起呢?肯定是脑子进水了。

"梨绪,能不能帮我个忙?"喝完第二杯红茶时,见供如此说道。

"帮忙?"梨绪两眼放光。

"嗯,帮忙整理藏书。"

"好呀!"

"真的?"

"当然啦,只要您不嫌弃。"

"太好了。跟我来——"

两人回到日式房间,来到外廊,穿着老旧的拖鞋绕去狗道,踩出一串"啪嗒啪嗒"的脚步声。横穿过被精心打理的中庭,便是院子深处的茶室。再往里走,则是一栋混凝土结构的小平房。

"这就是我家的图书馆。"见供调笑道。

"图书馆?"

梨绪起初也很起劲。然而在见供开门的刹那,笑容倏地淡去。

面前竟是一道通向地下室的楼梯。

"吓到了?书都放在地下室呢。"

"啊……哦,没事。"

"那就下去吧,小心脚下。"

见供快步下楼。梨绪无暇踌躇,将拖鞋胡乱脱在楼梯口,紧随其后。灯光昏暗，楼梯也陡得厉害。

地下室铺着木地板，面积约莫二十叠。中央摆着沙发和茶几，三面墙都做了固定书架，天知道放了多少本书。正环顾四周时，梨绪忽然感觉到后颈冒出冷汗，胸口泛起轻微的恶心感，神似晕车。

——啊呀，这可怎么办？

梨绪手足无措。

见供把手伸向书架。

梨绪想出去透透气，可又怕惹见供不高兴。忍着忍着，又多了几分头晕。她只觉得头脑的核心渐渐发麻。

见供兴许是有所察觉，突然转过身来。

"怎么了？"

"对不起，我有点儿不舒服……"

梨绪朝沙发迈了一步，却明显失去了平衡。千钧一发之际，见供抱住了她。

宽阔温暖的胸膛。

——天哪，这……

梨绪屏住呼吸。

意料之外的突发情况。她设想过与老师见面时的种种场景。能聊得起来吗？能给老师留下好印象吗？能成为他的恋爱对象吗……可她万万没想到，第一次见面就被他拥在了怀里。

"没事吧？"

"嗯……"

眩晕险些转化成某种惬意。

可是……

太快了。梨绪的大脑发出警告。

再多享受五秒。

一个又一个五秒过去。梨绪调动全部的理性，伸出双臂，试图推开见供的身体，谁知——

两具身体并没有分开。见供搂着梨绪后背的胳膊反而更用力了。力量徐徐加强，不像是"搂着"，倒更接近"勒着"。力气大得出奇。那是无关爱意，更接近某种恶意的力量——

叫人怦然心动的拥抱，骤然化作痛苦。

"别……"

梨绪那微不可闻的尖叫，对局势没有任何影响。集中在她背上一点的力量变得越来越强，梨绪的身体以那处为支点，大幅后仰。

痛苦转为恐惧。

梨绪挣扎着抬头看向见供，随即倒吸一口冷气。

俯视着自己的，分明是姑父的眼睛。

"陪你玩玩吧。"

污浊的声音在房中回响。

"放手，救命啊！"

"不是你自己送上门来的吗？瞧你那饥渴的模样……"

"为什么？放开我！"

见供龇牙笑道："还用父母双亡卖惨。真当我看不出来吗？小母狗就爱发情。不就是想博取我的同情，伺机接近我吗？"

"我、我没有——"

压迫后背的力量消失了。刚感觉到这个变化，梨绪的身体就被粗暴地推倒在地。巨大的身躯扑了上来。他骑在她身上，用膝盖顶住她的侧腹，一把抓住她胸口的上衣，撕得粉碎。

梨绪尖叫起来。

她止不住哭喊，身体却无从抵抗。

"别，求你了！啊！"

"闭嘴！"

梨绪几乎没在反抗，但见供还是扇了她一个耳光。

她睁大眼睛，动弹不得。手脚都僵住了。恐惧令她陷入近似于鬼压床的状态。

衣物被扒下。

身体被掰开。

她想闭上眼睛，至少看不到。

见供压了下来。不光眼睛，连他的脸都变成了姑父的模样。项链被生生扯断。哗啦啦……珍珠散落在地。母亲的遗物——

就在这时，姑父的脸悄然生变。梨绪发出无声的惨叫。

那分明是父亲的脸。

额头冒汗的父亲，正满面通红地俯视梨绪。

母亲的声音响起。

"太可怕了。这孩子真是太可怕了。"

母亲的眼睛瞪着梨绪,仿佛正看着一只野猫。

是吗……?

都怪我……?

是我的错……?

她忽然看到了真相。

肯定是这样。

是母亲杀死了父亲。

母亲故意打方向盘,冲上对向车道——

梨绪想起了葬礼那天的景象。

并排放着的两副白色灵柩……

内心的解脱感……

一波波涌上心头的喜悦……

见供的吼声被耳鸣吞没。

她听到了另一种声音。

她自己的声音。

去死吧!你这样的女人就该赶紧去死!去死!去死!有多远死多远!

夜半审讯

1

中央银座大道上还能见着几个出门采购的家庭主妇。

离约定的晚上七点还有一阵子,但佐仓镇夫已然迈着轻快的步子走上了商业楼的阶梯,推开了小酒吧"猫"的店门。在办完一桩大案之后出来喝上两杯——他虽已年过四旬,这种非比寻常的爽快感却丝毫没有消减。

酒吧的照明与家庭餐馆一般明亮。老板娘美铃的背影就在吧台中央。体态丰盈的她拿着口红,盯着手里的粉盒。镜子的角度忽然一转,一双没戴假睫毛的细眼望向佐仓。

"哟,够快的呀,阿佐。"

佐仓面露苦笑。

那是二十多年前的事了,早已过了时效。还记得自己被美铃夺走童贞时,她也在床上说过这句话。当时她对红脸蛋的新面孔情有独钟。在L县警内部,光他知道的"兄弟"就有四个。

佐仓往美铃边上的椅子上一坐,环顾墙上镶着镜子的狭小店面。店内仅有的三个卡座都空着。

"等人呢？"

"嗯，约了北泽。"

"你让人家从深山老林里的金盛署赶过来啊？"

"不是的，是科搜研的北泽。"

北泽是佐仓的高中校友，只是低了很多届。刚办妥的"教师凶杀案"就是北泽做的DNA[1]鉴定，所以佐仓在傍晚时分打电话约他出来聊聊。北泽闪烁其词，似乎也有话要跟佐仓说。莫非是有了心上人？

"科搜研有姓北泽的？"

"是个年轻的技术员。我不是带他来过几次吗？"

"哦哦，是他呀！我想起来了，那个耳朵大大的眼镜小哥是吧？"

美铃在谈笑间迅速搞定妆容，按下墙上的开关，将灯光调成营业时间的亮度。陌生的五旬熟女瞬间变成眼熟的老板娘。

说时迟，那时快，她鲜红的嘴唇张开了："对了阿佐，听说你立功啦！就是东部新村死了个老师的案子。"

"哦，嗯。"

"大伙儿都跟我说了。疑犯一直保持缄默，多亏你坚持审问他才招供的。"

"也没那么夸张啦。"

---

[1] 脱氧核糖核酸的缩写。——编者注

"别谦虚嘛,阿神都夸你呢。"

佐仓喜形于色。阿神是中央署刑事一课[1]的课长神田,佐仓的顶头上司。

"不过嘛——"

美铃边说边绕去吧台的另一侧。只见她将垂在胸前的七彩围巾甩到肩后,麻利地洗了手,从冰箱里取出一大块冰。

"你起初大概也以为那疑犯很好对付吧?毕竟一眨眼就逮住了。"

"嗯,是啊。"

两周前,二十九岁的高中教师比良泽富男被人勒死在中央市东部新村的家中。凶手名叫深见忠明,五十二岁,曾是酒店的工作人员。他半夜闯入比良泽家企图行窃,谁知惊动了富男,一番搏斗之后深见用领带将其勒死。邻居撞见了慌忙逃出门的深见,打了报警电话。正如老板娘所说,在短短三十分钟之后,深见就在新村内被巡逻队员拿下了。

"听说你们来了场瓮中捉鳖?听说那疑犯捂着出血的鼻子,躲在铁轨边的库房后面。"

"对,因为新村东边被铁轨边的铁丝网拦死了。"

"他好笨哟,怎么不往西边跑呀?"

美铃口不留情,手则用冰锥戳着冰块,发出"咔!咔!"的

---

[1] 管辖当地治安并对刑法犯进行搜查的部门。——编者注

响声。

"可到了第二天,我吓得脸都青了。听说你们很快就逮着人了,我就松了口气,谁知等到八九点都没人来,明明说好了要给青木庆生的。一打开电视新闻,才知道疑犯撂下一句'不是我干的'就再也没开过口,把我气得呀,一个人干掉了一桌子的好菜。"

佐仓挤出同情的表情,点了点头。

这家酒吧的生意高度依赖中央署刑事一课。去年的"女白领凶杀案"陷入瓶颈时,店里整整一星期都没见着一个顾客,以至于美铃真动了关门的心思。所以案件刚侦破那阵子,大伙儿来得格外勤快,贡献了不少营业额。算不上赔罪,也不仅仅是出于人情面子。他们也很清楚,一家可以畅所欲言而不必担心泄密的"刑警酒吧"绝非是一朝一夕就能建成的。

美铃踮起脚尖,伸长胳膊握住酒瓶的瓶颈,背影仍发着牢骚。

"要是你们还在到处找人,我也不是没耐心等。可这回人都抓到了,大伙儿仍不见踪影,我心里多不是滋味呀。"

"这个嘛……说来话长了。"

"我知道,怪那个叫汤浅的律师呗?听说不管嫌疑人犯的是什么罪,他都让人一个字别说。"

"可不是嘛,他正好是那天的值班律师。"

"我都想告他妨碍营业了。多亏你苦熬一星期,让疑犯认了罪。真要命,那阵子可愁死我了,辛苦啦。给,这杯算我的!"

愁云惨淡的语气在句尾瞬间放晴。一杯兑水酒摆在了佐仓面前。佐仓道了谢，把酒杯举到嘴边。

美铃往盘子里倒了些豆子和虾饼，叹了口气。

"不过比良泽家可算是完了。当县议员的老子死在了女公关家里，还是'马上风'；儿子又被强盗害死了。这家人八成是被诅咒了，怎么跟肯尼迪家族似的。"

佐仓咧嘴笑道："老板娘，你可别这么说，肯尼迪的棺材板都要盖不住了。老子是自作自受，儿子富男也不是什么好东西，一个老师还到处拈花惹草。"

"上梁不正下梁歪。"

"嗯，是啊。"

"但比良泽到底是名门望族呀，他家老爷子当过三届市长呢。当然那都是很久以前的事了。"

"我知道。我上小学的时候，就是比良泽老爷子在当市长。"

美铃拿着淡淡的兑水酒回到吧台的座位。

"我说，那个疑犯到底是什么来头呀？报道上说是个单身汉。"

"嗯，深见二十多年前就离婚了。"

"为什么啊？"

"因为老婆出轨。"

"嚯！"美铃怪叫一声，眸中染上好奇之色，"老婆跟人跑了？"

"不,儿子的血型对不上,这才露了馅儿。"

"嚯!"音量比刚才高了一倍。

"深见是三十年前结的婚,第二年有了儿子。儿子上小学时验了血型。深见是B型,老婆是O型,儿子却是A型。"

"哦,那是瞒不住。"

美铃没好气地说道。话音刚落,便听见背后的店门开了。佐仓微笑转身,进门的却是个肩扛威士忌箱的送货员。美铃道了声"辛苦了",在单子上签了字。

佐仓低头看向手表。七点二十分。眼下"教师凶杀案"已破,照理说县里应该没有什么需要科搜研加班的要案。

"不过话说回来,那人的肚量可真小。"

美铃气鼓鼓地说道,把佐仓的杯子拉到自己面前,给他续了一杯。

"肚量?"

"快上小学的孩子最可爱了,他就不能装不知道,好好把孩子养大嘛。"

"是吗?那也太强人所难了吧。"

佐仓心想,若他是当年的深见,怕是也不会原谅妻子。

"然后呢?深见离婚以后都干啥了?"

"他一直在AS观光公司干着,熬到课长就升不上去了。直到前年,他还在车站跟前的AS酒店当前台领班。"

"没再找一个?"

"说是谈过几个,还跟人同居过,可就是没结婚。结果,单身成了他被裁掉的理由。据说他们社长直接甩给他一句话:反正你也不用养家。"

"哦……"美铃的话中不带一分同情。

佐仓继续说道:"被辞退的时候他已经满五十岁了,所以一直没找到工作,还当过一阵子的流浪汉呢。"

"于是因为缺钱他干起了偷鸡摸狗的勾当?行吧行吧。"

"你可真够冷漠的啊,老板娘。"

"那他选中比良泽家,是因为那家人看着比较有钱喽?"

"嗯,这也是一方面。不过深见本就熟悉新村的情况,因为他前妻的娘家就在那儿。"

"哎哟,居然是这样啊。"

美铃兴致缺缺,但随即望向佐仓,似乎又想到了什么。

"那就说不通了呀!"

"啊?哪里说不通了?"

"那他干吗往东逃啊?他应该知道东边有铁丝网拦着吧?"

"深见说他刚冲出比良泽家,西边的人家就开窗了,还有个女人探出头来。他一慌就往东跑了。跑了一阵子才反应过来,却怕得不敢折回去,只能慌慌张张地找地方躲起来——怎么样?"

美铃噘嘴道:"总觉得哪里不对。人在这种紧急情况下,不该发挥出野生动物似的第六感吗?换作是我,肯定不会往危险的地方逃。"

佐仓破颜一笑:"你要是疑犯,我们就只好认输喽。"

"得了吧。"美铃替他调了第三杯酒,露出意味深长的笑容。

"阿佐,快说说呗。你是怎么撬开了深见的嘴?"

佐仓不想把带着血腥味的公事带回家里,却也不能跟同事炫耀战功,免得惹人嫌。跟记者透一点儿风声,又会被扣上害群之马的帽子。美铃深知警界内情,看她的表情便知,问这个一半是出于兴趣,一半则是为了"生意"。

"是他自己招的,我啥也没干。"

"又忽悠我呢。"

"真的。毕竟他一开始就撂下一句'我谁也没杀',然后就再也没开过口。我们软硬兼施,他却跟尊佛像似的,一点儿反应都没有。实际上,这案子是靠鉴证课破的。"

"哦……那看来是找到了什么决定性的物证?"

"我们起初是两手空空啊。案发现场是比良泽富男的房间。房间在一楼,约莫八叠。除了富男本人的指纹,还采集到了二十三枚,但没有一个能跟深见的十指比对上。毛发也不匹配。血迹倒是不少,但富男的口鼻也出了很多血,乍看都分不出是富男的还是深见的。"

"他俩的血型不会也一样吧?"

"那倒不是,我刚才也说了,深见是B型,而富男是A型。"

"那验一下血型不就知道了吗?"

"我原本也是这么想的,可这条路走不通啊。鉴定结果显示，现场的血都是A型，愣是没有和深见相符的B型。"

"怎么会呢，难道他的鼻血没滴在那个房间里？"

"我们差点儿就下了这个结论。没想到峰回路转——"

佐仓拿起酒杯，抿了一口。

美铃一副急不可耐的样子，凑近说道：

"别卖关子啦，怎么峰回路转了？"

"靠DNA鉴定。相对较大的那摊血迹没验血型，送去做DNA鉴定了。其中一份样本的基因型跟深见的对上了。"

美铃瞠目结舌："型？基因还有'型'呢？"

"不懂了吧？我也是头一回听说，高科技就是厉害。ABO血型系统就四种，基因型却有足足四百三十五种。就是这个基因型对上了，而且还是一百万人里只有一个的那种，稀罕得很。"

美铃喊出今晚最响亮的一声"嚯！"。

佐仓带着得意的表情继续说道："L县的人口大约是两百八十万，所以我是这么跟深见说的——案发现场的地板上留下的基因型，在本县内有这种基因型的人不会超过三个。一个有着同一基因型的人逃出了那间屋子。你说留下基因型的人和逃出去的人不是同一个，哪个法官会信啊？"

"好帅哟！"美铃拍手叫好，随即压低嗓门儿道，"然后呢？"

"深见闭上眼睛，过了足足三十分钟才睁开。他打破了持续一周的沉默，说'对不起，是我干的'。"

"还说不是你立下的功劳！"

"哎呀，都说我啥也没干了，谢天谢地谢DNA。"

"瞧你说的，明明是你撂下的那句话给力嘛，谁顶得住呀，我敢打包票！"

美铃抛来一个几乎能听见响声的媚眼，接着给佐仓满上。

酒精下肚，佐仓心情大好。

多亏了科搜研的北泽，他才能捡到这么个皮夹子。虽说他明知是北泽的功劳，但得知神田课长表扬了自己，心里还是美滋滋的。半年前，神田曾扬言要把佐仓的手下青木调去别的警署，气得佐仓放出话来："有种就连我一起调！"自那时起，他与神田的关系一直都很紧张。但此案一破，神田便让步了。他当着老板娘的面夸了佐仓，算准了话会传到佐仓耳中。细想起来，像这样通过"猫"这间酒吧修复的人际关系不知道有多少。

"话说——"回过神来才发现，美铃又进了吧台。

"我一直都很好奇哎。报纸上不是说，深见被逮捕的时候带着个塑料容器吗？那到底是什么啊？"

"哦……"

那是个半透明容器，形似胶卷盒，但比寻常胶卷盒小了一圈。

"我们也不知道，深见说是捡的。"

"到底是做什么用的啊？"

"天知道。有人猜是便携式药盒。"

"哦，还真有点儿像。"

美铃拧开有线广播的开关。旋律自四面八方涌来，听着像演歌[1]的间奏。

"眼镜小哥要唱歌吗？"

"他啊，专唱《早安少女》。"

"那今晚就让他喝个够，唱个痛快。"

"我就是为了这个才约他出来的。不过……"

"八点多了。你要不打个电话？"

"嗯。"

佐仓刚掏出怀里的手机，那手机就震了起来。

"喂，我是北泽。不好意思啊，我刚从本部出来，十五分钟就到。"

"老板娘都生气啦。怎么忙到这么晚啊？"

"呃……"北泽的声音变得含混不清。

"验尸官仓石警视给我们所长打了个电话，搞得鸡飞狗跳的……跟那起'教师凶杀案'有关，我到了再跟你细说。"

2

醉意早已飞去九霄云外。

---

[1] 日本特有的一种歌曲，多为抒发成年人的内心忧愁。——编者注

佐仓和北泽面对面坐在里头的卡座。

"仓石警视说什么了？"

"他就在电话里说了一句话——把DNA给我验清楚。"

"验清楚……什么意思？你们总不能是瞎验的吧？"

佐仓皱起眉头，窥探对方厚重的镜片之后的神情。

北泽面现怒色。

"怎么可能啊？我们用的是短串联重复序列[1]法——就是先大量复制MCT118[2]基因座再做比对。这是种不产生蛋白质的基因，个体差异很大，特别适合用来识别个体。"

"这个之前听你说过。测出来的基因型是四百三十五种中的一种，每一百万人里才有一个，恰好跟深见忠明的对上了——这总归是没错的吧？"

"错不了。"北泽的大耳朵早已通红。

停顿片刻后，佐仓说道："那仓石警视为什么让你们'验清楚'呢？"

"不知道。"

"不知道？你们所长就没问问？"

"他气得直接撂了电话。"

---

1 短串联重复序列也称微卫星DNA，通常是基因组中由1~6个碱基单元组成的一段DNA重复序列，经常用于识别身份和亲子鉴定。
2 MCT118与后文中的HLA-DQA、TH01均是DNA鉴定的一种方法。——编者注

"你们所长吗？"

"是啊，大概是被那盛气凌人的口吻气得热血上脑了。我们是技术工种，所长可是跟参事官[1]平起平坐的。"

佐仓点了点头。验尸官只是"调查官"，职级不如科搜研所长高。而且科搜研的人和普通警官还不一样，有着科研工作者特有的自尊心。

"所长挂了电话后就去找刑事部长了，可田崎部长也不知道是怎么回事。"

"也就是说，是验尸官自作主张给科搜研打了电话？"

"好像是。刑事部的人也打了验尸官的手机，结果那手机在他办公桌的抽屉里响了。"

"他没在宿舍？"

"打过电话了，没人接。也派人上门找过了，家里没人。听说他每天晚上都要出门喝酒，打一枪换一个地方，根本逮不住。"

佐仓轻叹一声，狠狠抱起胳膊。

"那科搜研打算怎么办？"

"我们决定明天再问问验尸官，然后就各回各家了。"

佐仓都听蒙了。如此理性果决，确实是科研工作者的做派。

老板娘端来下酒菜。

"碰上棘手的事啦？"

---

[1] 主要负责警视厅刑事部长的日常总结工作、辅助大家执行指挥以及协助处理一些特定事务。——编者注

"没什么大不了的。"

他本想轻描淡写，口吻却带了几分火气。美铃怕是一眼就能看穿他的心思。

佐仓望向北泽。

"你怎么看？"

"啊？"

"就是验尸官说的那句话。他是要你们重做吗？"

"应该不是吧。不过……"

"不过什么？"

"他要真是那个意思，那可能是想让我们换个鉴定方法吧。"

佐仓结结实实吃了一惊。

"还有别的方法？"

"嗯，可以做HLA-DQA，警察厅的科警研[1]还能做TH01。"

"说人话。多做几种的话，结果就会比较准确吗？"

"没错。"

"那这次怎么没做呢？"

"因为……做完MCT118以后，鉴证那边就没再送样本过来了。"

MCT118已经得出了决定性的鉴定结果。百万分之一的概率。而且结果刚出来，深见忠明就全面招供了。调查组因此松懈

---

[1] 即科学警察研究所，主要任务是犯罪预防和犯罪搜查，比如DNA鉴定、枪械的弹道鉴定、爆炸物的残留分析等。——编者注

也是不争的事实。

深见就是真凶——佐仓的信念没有丝毫动摇。无论科搜研那边有什么进展，招供仍是不可撼动的"证据之王"。没有诱供，也没有恐吓。他不过是告知了DNA鉴定的结果，深见听完就主动认罪了。"铁"成这样的案子可不多见。笔录也顺利做好了。地方检察院下周便会发起公诉，将深见送上法庭。

可是……

把DNA给我验清楚。

说这话的要不是仓石，他定会嗤之以鼻，权当耳旁风。

仓石在L县警的地位极为特殊。"终身验尸官""尸体清道夫""危机仓石"……他有一连串的绰号，黑帮混混般的风貌和尖酸刻薄的言辞直叫人闻风丧胆。高层看不惯他，崇拜他的小年轻却不在少数。"仓石学校"的"学生"遍及县警，其中不乏刑警，鉴证部门的就更不用说了。

也不知是幸运还是不幸，佐仓还没有跟仓石深度接触过。说得更准确些，是佐仓刻意避开了仓石。他在心理上无法接受仓石那个类型的人。撇开实际情况不谈，对日趋膨胀的伟岸形象投以怀疑的目光也算是刑警的天性了。

"北泽——你也是仓石学校的学生？"

"啊……呃……我……"北泽支支吾吾。

"又没逼你站队，说实话。"

"他带我喝过几次酒，仅此而已。"

"你不崇拜他吧？"

"毕竟科搜研很少出现场。听说其他人都是在现场深刻体会到了他的过人之处。"

在现场体会到他的过人之处……

佐仓顿时有些心神不宁。因为他亲历过无数个现场。临场的所有人都会倾注自己的经验和眼力，寻找线索。照理说不可能出现"某个人接连发现关键线索"的情况。佐仓素来认为，有一定资历的刑警和鉴证专员在眼力方面不会有太大的差别。可要是真有那么一个人，有一双与他人迥异的"慧眼"——

佐仓周身一颤。

把DNA给我验清楚。

他越琢磨就越觉得仓石的这句话出自某种结论。

把DNA给我验清楚，证明深见忠明不是真凶——

佐仓立即打消了这个念头，揣摩起了别的含义。他的额上渗出冷汗。没有，绞尽脑汁都想不出来。仓石肯定觉得深见是"清白"的，不然绝不会说出那种话来。

不知不觉中，佐仓站了起来。

"北泽——告诉我验尸官平时都在哪儿喝酒。"

"啊？"

"我去找找看。无论如何都要在今天问个清楚。"

"好，我带你去。"

北泽站起身，佐仓却抬手制止。

"你别去了,我想跟他单独聊聊。"

"你要找仓石?"

佐仓回头望去,抱着胳膊绷着脸的美铃映入眼帘。

"你认识他?"

"他以前来过几次。那双眼睛可太吓人了。第一次见的时候啊,我甚至有种被他扒光了的感觉。"

3

"捉迷藏"酒吧藏在错综复杂的小巷深处,名副其实。

佐仓站在黑色店门前发怵。刑警和鉴证,双方都去的酒吧有好几家,但"捉迷藏"是"鉴证专属",一如"猫"是"刑警专属"。还记得他曾借着酒劲进过两三次,可坐在店里总觉得不舒坦。

"哟,稀客呀!"

好歹他还记得老板娘明美的名字。她穿着比口红还红的裙子出门相迎。

店里的布局与"猫"颇有几分神似。七八个鉴证的人坐在里头,热热闹闹地唱着卡拉OK。有几个年轻人注意到佐仓进来了,顿时身子一僵。毕竟佐仓不是普普通通的底层刑警。他隶属镇守本县首府的中央署,还是刑事一课的重案组组长。

佐仓伸长脖子四处张望,却没看见仓石的面孔。

"仓石调查官没来过?"

就在他对明美耳语时,正前方的厕所门开了。门后现出一张熟悉的圆脸。那是和他同年入职的冈岛,现任本部机动鉴证组的副组长。

"哟,什么风把你吹来了?"对方主动问道。

"人家是来找校长的啦,"明美用装腔作势的口吻解释道,"就差一点儿,他五分钟前还在呢。"

"是吗?"佐仓反问道。

"坐下说!"冈岛拽了拽佐仓的胳膊。谁知他双脚不听使唤,连带着佐仓一起栽倒在卡座的沙发上。看来醉得不轻。

冈岛强行搂住佐仓的肩膀。

"找校长什么事啊?"

"也不是什么大事,就是想问几个问题。"

"'教师凶杀案'?"

"差不多吧。知道他去哪儿了吗?"

"校长可说了,深见是清白的。"

佐仓望向冈岛的眼睛。对方的眼中还有些许理智。

"当真?"他的语气中带了几分怯意。

"校长好像一开始就觉得深见是真凶的概率只有五成。你们抓人的时候,他也说'要不了多久就会放人的'。"

莫非仓石早已认定深见是清白的,所以要不了多久就会被释放？

"莫名其妙……凭什么说深见不是凶手？"

"因为他是往东跑的吧。"

佐仓顿感肩头一松。这就是断定深见清白的依据？

"美铃姐也提了这个。"

"哦，那位老板娘可是探案天才，有几分校长的风范。"

"胡扯，现场都验出一百万人里才有一个的DNA了！"

佐仓愤慨之余，放心感油然而生。

"可校长老说，理不通的时候，就该怀疑物证。"

"怎么？难道疑犯往死胡同跑，就说明现场的物证有问题了？你好歹也是搞鉴证的，这种梦话都当真可怎么行。"

"怀疑最铁的物证——这是校长的口头禅。"

"满口醉话……你们就跟他玩一辈子过家家吧。"

冈岛放肆地晃了晃佐仓的肩膀。

"佐仓，你吃炸药啦？"

"少跟我贫，这可不是闹着玩儿的。往东跑怎么了？疑犯说得明明白白，他那是慌不择路。"

"哎呀，确实不能排除这个可能啦。"

"是吧！那你们校长凭什么认定他是清白的？"

冈岛望向半空，似是在拼命驱动停转的头脑。

"哦，也不是单凭这一点啦。我不是说了嘛，校长起初只有五成把握，后来才彻底认定了他不是真凶。"

"什么时候认定的？"

"呃……"冈岛眨了眨迷蒙的眼睛，"哦对，就是深见招认的那天。"

"什么……"佐仓顿时心乱如麻。

仓石在深见供认不讳的那天认定他是清白的……？

"就是那天。疑犯招供的消息传到本部一课的时候，我刚巧在场。部长跟课长都很激动，校长却沉着个脸。过了一会儿，他两手拍桌站了起来，浑身上下都散发出生人勿近的气场。"

"大概是第六感出了差错，心里不痛快吧。"

佐仓说得气势汹汹，却有新的焦虑在心头迅速萌芽。

怀疑最铁的物证。

果然是DNA鉴定有问题。所以仓石才会打电话去科搜研。毋庸置疑，仓石对DNA鉴定结果有所怀疑。

"冈岛——"

"……"

稍不留神，冈岛便睡了过去。

"喂，冈岛！"

"干、干吗？"

"仓石调查官上哪儿去了？"

"不知道。"

"不知道？"

"实话告诉你吧，校长做的每一件事都让我看不明白。"

"你总知道他常去哪几家店吧？"

"哦，搞不好是去老人俱乐部了。昨天和前天好像都去了。"

"老人俱乐部……？"

"一丁目的'贵妇夜总会'。没听过？女公关都是四十好几的半老徐娘，听说有些阔佬就好这口，法医系的西田教授也经常光顾呢。"

对上了。

仓石从西田教授那里问出了DNA鉴定的玄机。

佐仓站起身，推开拿着歌词卡走来的老板娘明美，小跑着离开酒吧。

4

佐仓走进"贵妇夜总会"时，已是晚上十点半。

柔和的间接照明落在长绒地毯上。店内空间比"猫"和"捉迷藏"宽敞五六倍，豪华的沙发摆得很是松散。

"欢迎光临。"

迎接佐仓的女人穿着长裙。身材修长，举止潇洒。长相也是文雅悦目，只不过年纪怕是快五十岁了。

佐仓没打算坐下来。他的钱包里只有一张万元大钞。

"我找个人……"

他对女人打了声招呼,伸长脖子看去。顾客倒是不多,奈何沙发靠背太高,挡住了几桌顾客的脸。

佐仓转向那个女人。

"L医科大学的西田教授在吗?"

"不在,教授今晚还没来过。"

先提教授的名字,是为了让对方放下戒心。效果立竿见影。女人眸中多了几分友好的笑意。

然而——

"那有没有来过一个姓仓石的?"

一提起这个姓氏,对方顿时脸色一僵,变化之明显令佐仓不知所措。

"没……呃……仓石先生今晚还……"

女人语无伦次。一时间,佐仓不知该如何看待这一事态。

"知道了,那我过会儿再来。"

谁知佐仓一转身,门便开了。一位老人顶着一头形似棉花糖的白发走进店里——西田教授。刚见到佐仓的脸,他便伸手一指,可就是报不出名字。

佐仓鞠躬道:"我是中央署的佐仓,旁观过您做司法解剖。"

"哦,对对对,我有印象。"

西田心情甚好,他的身后跟着个穿西装的年轻助理。

西田请佐仓落座。沙发很是柔软,佐仓的下半截身子几乎都陷了进去。坐在两边的女人看着都是四十五六岁的样子。

教授吃着水果，说出一番出乎意料的话来："其实这家店是你们那儿的仓石带我来的，就在五天前。我一下子就喜欢上了，每晚都要来坐坐。"

"这样啊……"

佐仓有一句没一句地应着，同时拼命整理思路。

是仓石带西田来的？为了打听DNA鉴定的玄机？是非得带人家来这么高级的夜总会才能打听出来的秘密吗？解剖医和验尸官本就是心腹之交，为何不直接在西田的研究室谈？

"喂——恭子！"西田直起腰喊道。正是刚才那个穿着长裙，在听到仓石的名字后惊慌失措的女人。

"老师，别喊真名啦！"身边的女人笑着提醒道。

"哟，我给忘了！"

只听见"啪"的一声，西田拍了拍自己的额头，又将眉飞色舞的面孔转向佐仓。

"哎呀，还不是因为前天仓石问出了她的真名嘛。告诉你个小秘密，他肯定是看上恭子了。不瞒你说，我也看上啦，哈哈哈哈！"

被喊来的恭子坐在了佐仓旁边。递来的名片上印着"茧子"。之所以坐旁边而非对面，似乎是因为她不想让佐仓看到自己的脸。

恭子……不是什么稀罕的名字。但佐仓觉得耳熟，似乎最近刚在哪儿听过……

佐仓一掏烟,她便用行云流水的动作奉上了火。看来不是刚入行的。佐仓偷瞄她的侧脸。眼神似有几分若有若无的落寞,也有点儿心不在焉的感觉。

是仓石的女人?

不,她刚才的反应显然是对仓石的恐惧使然。莫非她跟"教师凶杀案"有关?

"佐仓——"

"在。"

"你是约了仓石吗?"

"不……"

机不可失。佐仓探出身子,十指交叉。

"其实我今晚来,是有些事想请教您。"

西田露出意外的神情:"哦?你想问什么?"

"跟仓石差不多,想多了解一些关于DNA的知识。"

"DNA……?"西田歪头道,"不是血型?仓石问的明明是血型啊!"

佐仓瞠目结舌。

仓石问的不是DNA,而是血型。他到底想知道什么?

事已至此,只能尝试正面突破了。

"西田老师——仓石找您打听什么了?"

"就是那个嘛,报纸上都登了,你也没看到啊?"

"没有。"

"真要命……也难怪,毕竟就一小块。要是活体肝移植或克隆人什么的,媒体肯定会大肆报道的。"

"您能不能跟我详细讲讲?"

"简而言之,就是一项遗传学研究的结果表明,父母有可能生出血型跟自己对不上的孩子。在某些情况下,决定血型的基因会重组,说得再复杂一点儿,就是部分基因出现缺损,导致酶失活了。做DNA鉴定是可以明确确认亲子关系的,但光查血型的话,也会出现被鉴定成无血缘关系的可能性。"

佐仓动弹不得。

视野的角落中,有一团瑟瑟发抖的模糊身影。

他知道了。他想起来了。

酒上恭子——

"教师凶杀案"的调查报告提到了这个名字。她在三十年前与深见忠明结婚,诞下一子后离婚。

5

午夜零点已过。

佐仓坐出租车赶往中央署。

值班警卫打了他的手机,用近乎惨叫的声音告诉他,仓石强行进入拘留室,见了深见忠明。

十分钟后，佐仓抵达警署。他穿过二楼的刑事一课，沿狭窄的走廊来到拘留室。年轻警卫打开铁门，面无血色。

"验尸官呢？"

"他跟深见说了一两句话就走了。"

"哦……"

"对不起，他以上级的身份命令我开门，我实在没办法才……"

"没事。"

佐仓简短应道，走上监控台。左手边角落里的"七号房"内，夜灯的微弱光线，勾勒出男人正襟危坐的轮廓。

那人纹丝不动。佐仓确信，这一回，深见是真的"招了"。

"教师凶杀案"的真凶是深见的儿子——佐仓怀着另一份确信走下监控台，走向七号房。

"深见——"佐仓低声唤道。一张年约五旬的脸转了过来，眼里噙着泪水。

"佐仓警官……"

佐仓将深见带去单间审讯室，在榻榻米上对面而坐。

"跟我说说？"

"……"

"不用跪着。"

"……"

"这不是审讯，怎么说随你。"

"……"

深见保持跪坐的姿势,头颅低垂,颈椎骨清晰可见。

"你知道真相,我大概也知道了。"

"……"

"刚来的那个人都告诉你了吧。"

深见有了明显的反应,肩膀颤抖起来。仓石果然跟他提了血型和DNA鉴定的事。

深见微微抬头,他抬眼凝视佐仓。

"也许……是我……"

声音近乎呜咽。

"……也许是我……错了……"

这回轮到佐仓保持沉默了。

"我也知道要说真话……要老实交代……"

漫长的停顿。

深见再次垂下头,开口说道:"佐仓警官……对不起。我会老实交代,交代事情的来龙去脉。"

但好几分钟过去,下一句话都没说出口。佐仓耐心等待。

深见抬起头来。这一次,他直视着佐仓。

颤抖的嘴唇动了。

"我一直……我一直活在对恭子的恨里。得知第一个孩子勇作……不是我亲生的,我气得火冒三丈。恭子说她没有对不起我。她哭着说,勇作就是你的孩子。可这让我怎么信呢?当年还没有DNA鉴定。B型血和O型血的父母生不出A型血的孩子。铁证如山……恭子每次否认出轨，我都会气得对她动手，打得她鼻青脸肿。我还踹过勇作，脚尖陷进了那团软软的肉里……"

泪水落在榻榻米上。

"后来我离了婚，成了孤家寡人……但心里还是恨着恭子。我每天都咒骂她，觉得是她毁了我的下半辈子。我也跟别的女人交往过，却无法真心信任她们。但我好歹还有事业，为自己在酒店工作而自豪。可……工作也没了。我没了活下去的气力。没有钱，我不得不搬出租住的公寓。不知不觉中，我变成了风餐露宿的流浪汉。旧报纸是御寒的被褥，看报纸也成了我唯一的娱乐方式。然后……某一天，我看到了那篇关于血型的文章……"

深见在膝头攥紧拳头。

"那篇文章看得我浑身发抖，抖了一整天都没停下。我不禁想起了恭子的脸。她那张哭着说'那是你的亲骨肉'的脸。我越想越觉得，搞不好她说的都是真的，搞不好她没骗我。我想弄清楚，勇作到底是不是我儿子……"

佐仓默默点头。

深见用袖口抹去眼泪，继续说道："我得知有家公司能做DNA鉴定，只要交钱就行。这也是在报纸上看到的。做一次要二十万日元，我就打搬货的短工攒钱。又苦苦哀求老同事，好歹借到了一个地址，给那家公司汇了钱。没过几天，他们就寄了个小小的塑料容器给我。只需要拿到一根带毛囊的头发就可以鉴定了。于是我每天深夜都去东部新村。虽然没找到机会溜进勇作在二楼的房间，但好歹观察了他们将近两个星期。我见过恭子好几次，她总是半夜回家。我很快就意识到，她在陪酒。我的心情很复杂。我有时会内疚，觉得是自己害她过得这么苦。有时又会觉得，她就是因为喜欢男人才会做那种工作的，她当年肯定是出轨了。但我心想，无论怎样，只要鉴定一下DNA，就能真相大白，就能有个了断。然后……就到了那一天……"

深见露出回忆的眼神。

"半夜一点多的时候，勇作出门了。我知道恭子那晚在家，所以下意识地跟上了勇作。"

深见喉头一响，咽下一口唾沫。

"……我简直不敢相信自己的眼睛。勇作撬开比良泽家前门，溜了进去。屋里一片漆黑，他肯定是以为家里没人。大概是想搞点儿钱吧。过了一会儿，便传来了吵闹声。是勇作跟那家的儿子打起来了。我不知所措，只能站在门口，急得直跺脚，在心里喊着：'快出来，快出来。'后来，屋里安静下来。说时迟，那时快，勇作冲出了前门。我大概是吓傻了，生出了莫名其妙的错觉，还以为勇作正扑向我的怀抱。我情不自禁地张开双臂，结果他一拳头砸了过来，头也不回地跑走了。我也跟跄着跑到街上。就在这时，隔壁家的窗户突然开了，一个女人跟我四目相对，我慌忙逃跑。对，我是往东跑的。因为我知道勇作往西边去了……"

佐仓点了点头，张开被蒸干的唾液黏住的嘴唇。

"你想包庇他。"

"……我也不知道。一切都太突然了……在铁轨边被逮捕之后，我才知道出了人命，心里摇摆不定。如果勇作不是我的孩子，不就白顶罪了吗……于是我听从了律师的建议，一直保持沉默。"

"而我审你时说的那些话，打消了你的疑虑。"

"是的……就是在那一刻，我确信了自己是勇作的父亲。"

本县最多只有三个人才有的基因——

父与子的DNA，交错于案发现场。

现场的血迹之谜也有了答案。打斗的双方——勇作与比良泽富男都是A型血，而深见没有进过现场，自然检测不出他的B型血。

仓石早已看透一切。

他认定警方逮捕的人不是凶手，那个人却"供认不讳"。早在那时，他就嗅到了"幕后之人"的存在。

理不通的时候，就该怀疑物证。

熟悉地形的人不会往东跑。仓石以这一点为抓手，对物证提出质疑。

怀疑最铁的物证。

最铁的物证并非DNA，而是所有人深信不疑的血型亲子鉴定。仓石将怀疑的目光投向这一"神话"，干脆利落地将其推翻。

佐仓望向深见。

仓石的雷霆手段，深见又岂能抵挡得住。单看MCT118，父子两人的基因型一模一样。但只要样本不是深见本人的，只需多做几种DNA鉴定就能比对出差异，证明深见不可能是凶手。仓石将这个事实甩在他面前——

慢着。

佐仓只觉得耳边响起了雷鸣。

刚到这里的时候，警卫是怎么说的？没错，"他跟深见说了一两句话就走了"。

怎么可能？DNA鉴定的玄机是如此复杂，怎么可能用一两句话说清楚？

佐仓再次面对深见。

"刚才来的那个人，对你说了什么？"

深见露出痛苦的神情，闭上双眼。

"他说——你不是他爹，滚一边去吧。"

不是他爹……

仓石为什么要撒这样的谎？

等等，为什么这么一句话就能让深见老实交代？

不等佐仓发问，深见便道：

"我听出了他话里的意思——一个真正的父亲，不会让杀了人的儿子逍遥法外。"

佐仓沉默许久。

"……也许是我……错了……"

深见说出的第一句话，仿佛是从很久很久以前传来的。

他把仓石的话听进去了。不要包庇，那不是真正的父亲该做的事——

佐仓从腹腔深处吐出一口气。

"回去吧。"

"嗯。"

"也就今晚了，明天做了笔录就放你走。"

佐仓起身道。他凝视着慢一拍起身的深见的双眸。

"我对刚才那人说的话有不同的理解。"

"啊……？"

"都忘了吧，别纠结血缘——他也许是这个意思。"

深见凝望半空。

"都忘了吧……别纠结血缘……"

"我觉得这样理解更好。"

"……"

"他俩都是二十九岁。"

"啊……？"

"勇作和比良泽富男都是二十九岁吧。住在同一个新村的同龄人——这意味着，小学和初中，他俩都是同一年级的同学啊。"

"啊……"

"天知道入室行窃是不是杀人的导火索。毕竟他们之间有二十九年的岁月。你明白吗？你和勇作之间没有，连这么一丁点儿的时间都没有过。"

仓石也许是这么说的。

自个儿活下去吧。

深见垂下肩膀，抬起泪眼。

"我知道。我什么都没为他做过。以后肯定也做不了……可……可……"

佐仓注视着深见憔悴至极的脸庞，恭子哀伤的侧脸交叠其上。基于血型的亲子鉴定。这种鉴定的不准确性酿成的悲剧，真的只降临在了这个家庭上吗？

佐仓轻拍深见的肩膀。

单间审讯室的门开了，又悄无声息地被关上。

败　绩

1

"署长!"

"啊……?哦哦,是你啊,吓死人了。"

"不好意思,打扰您散步了。"

"散步的是它,我就是个陪衬。"

"哇,又大了一圈。"

"跟花在狗粮上的钱成正比啊——今晚找我什么事?半夜三更的,大报社的头头儿怎么跑这儿来了?"

"还不是为了十条薰的案子。明天真要做司法解剖啊?"

"啊……嗯。"

"不是已经明确是自杀了吗?傍晚的时候,公关课的人就这么说了呢。"

"……"

"无可奉告?好歹透露一下这案子有没有定性嘛。"

"边走边聊吧,不然我要被它咬了。"

"您肯说?"

"你们家早报几点截稿?"

"……"

"换你不吭声了?不带这么耍赖的啊,就知道逼着别人说。"

"好吧,我说,不过您可别说出去啊!我们是零点半截稿。"

"现在几点了?"

"呃……零点十二分。"

"哦,那得再过会儿说。"

"署长您就行行好——"

"别急嘛。明天早上就有官方声明了,赶得上晚报。"

"好歹透露点儿嘛。天天照抄官方声明,报社还怎么做生意啊!"

"我也有我的立场啊!下头的人口无遮拦,可是要被本部追究责任的。哎,你肯定采访过很多人吧?听说十条薰以前还挺红的?"

"可不是嘛。很少有她那样穿着迷你裙唱演歌的,那会儿还经常上电视呢。"

"哦……不过话说回来,过气歌手的日子是真不好过。她随身物品的事听说了吧?"

"嗯,虽说钱包是捏在经纪人手里的,可随身物品就只有运动衫、内衣和化妆包也太夸张了。上台穿的亮片短裙也就那么两条。在本县的温泉宴会忙活一个月却只有这点儿行头,确实是不容易。"

"八成是当年的大麻丑闻害的。"

"据本报了解到的消息,带她抽大麻的好像是那个大矶一弥。"

"就是那个拿过奥运奖牌的体操名将是吧。看来最坏的永远都是男人啊!"

"还是聊正事吧。呃……十条薰在下午两点多入住了酒店。到了三点,八卦节目播了大矶一弥和东洋火腿社长千金火速订婚的新闻。十条薰从七楼的房间跳下来的时候是不到四点。怎么看都是冲动自杀吧?听说她因为大麻问题在警视厅[1]接受审问的时候,死活不肯说东西是谁给的,对大矶是死心塌地。所以看到他订婚的新闻,她就陷入了绝望,愤恨交加,决定死给他看。难道不是这样吗?"

"现在几点了?"

"呃……哦,已经截稿了。"

"我当时也是这么说的。"

"啊?您说什么了?"

"我当时也说,八成是死给大矶看的,可仓石调查官非说不是啊!"

"'终身验尸官'仓石?"

"嗯,就他一个人坚持认为不是那么回事。"

---

[1] 管辖东京治安的警察部门。——编者注

"他职级比您高是吧?"

"高一级。"

"可他为什么觉得不是呢?除了死给大矶看,还能有什么动机啊?"

"你也去过现场,肯定知道——如果十条薰是从自己房间的窗口跳下去的,就应该摔进正下方的羽衣甘蓝花坛里。可她偏偏死在了边上香雪球的花坛里。"

"请等一下,署长!我在现场也听人提起过这个。可刑警和鉴证专员都说,跳出去的角度稍微斜那么一点儿,人就会掉进边上的花坛,根本不足为奇啊!"

"可仓石调查官愣是不点头。"

"难道十条薰是刻意冲着香雪球的花坛跳的?"

"就算是,那也是自杀啊。"

"啊?难道……"

"……"

"署长,我没理解错吧?仓石警官认为是他杀?"

"……"

"也就是说,有人故意把她从楼上扔进了香雪球的花坛……"

"仓石调查官是这么说的——凶手用氯仿迷晕了十条薰。把她扔进香雪球的花坛,是为了掩盖残留在其口鼻处的药剂气味。"

"啊……?这怎么说?"

"你不也看到了吗？香雪球的花坛雪白一片。"

"是啊，没错。"

"他说在早春开的花里，白色的香雪球算是香气比较浓烈的，足以抵消药剂的气味。"

"抵消气味……？哈……哈哈哈哈哈哈！"

"当时我笑得比你还响。"

"谁听了都会笑的吧？凭这个认定是他杀也太牵强了。那遗书要怎么解释呢？虽说警方没公布，但我在现场的时候无意中听到了。是有遗书的吧？"

"有，在酒店房间的桌上。"

"用信封装着？"

"没，就一张信纸，上面写满了钢笔字。"

"写了什么？"

"看到大矶的订婚发布会绝望得想死啦，要让大矶内疚一辈子啦……"

"可以确定是十条薰的笔迹吧？"

"嗯，不过也只是做了简单的鉴定。"

"那仓石警官岂不是要初尝败绩了？"

"他不仅没尝到败绩，还刷新了连胜纪录。"

"为什么？"

"因为她的包里既没有钢笔，也没有多余的信纸。"

"啊……"

"没错。她的随身物品就只有运动衫、内衣、化妆包和上台穿的亮片裙。"

"可、可万一遗书不是在酒店房间内写的呢?比如是入住前就写好的……"

"哟,这就忘啦?遗书里明明写着,她是看到了大矶的订婚发布会才想死的。"

"啊!"

"所以,她肯定是在房间里看到八卦节目以后才写的。"

"可……那到底是谁……"

"简而言之,是凶手怂恿十条薰写下了遗书,比如'你闹个自杀未遂,说不定就能搅黄大矶一弥的婚约了'。"

"那凶手到底是谁啊?"

"谁能怂恿她?"

"那肯定是她身边的人……不会是经纪人吧?"

"还真就是经纪人。我们是用自愿配合调查的名义请他来的,刚才他已经大致招了。逮捕令也签发了,明天一早就执行。"

"难以置信,怎么会……"

"听说他爸妈是园艺种植户。怎么样,这下你总肯信了吧?"

"所以他很懂花……"

"就是这么回事。咱们往回走吧?它好像也走累了。"

"可作案动机呢?经纪人难道不是靠十条薰吃饭的吗?"

"带她抽大麻的就是经纪人。"

"当真?"

"听说那经纪人一直提心吊胆,生怕十条薰把他供出去。看到电视上的订婚发布会,十条薰气得火冒三丈。经纪人就是在安抚她的时候生出了邪念。干脆利用这个机会除掉她,以绝后患——"

"您说得对,最坏的永远都是男人。"

"总比坏的是女人强吧。"

"对了署长,这些事您没跟别家报社提过吧?"

"我回家的时候被埋伏在门口的县民报记者逮住了。"

"啊?县民报不是把夜巡停了吗?"

"说是又开始了,因为被别家抢了太多头条。"

"找您的是甲斐?"

"不,是相崎。那小伙子不错,从不咄咄逼人。"

"您告诉他了?"

"怎么会啊,没到截稿时间我是一个字都不会说的。"

"来的是宝冢明星[1]也不说?"

"啊?哦,你说花园爱啊?这小姑娘确实挺可爱的。"

"您还是多留个心眼吧。在我们这行啊,最坏的往往是女人。"

---

[1] "花园爱"这个名字像宝冢明星的艺名。

"哈哈哈！我们这行就不一样了。女警个个老实听话，还认死理。你还单着吧？带个女警回东京怎么样？"

2

惊蛰。日历明明已经翻到了春天，可为什么还是这么冷呢？

房间明明这么小。床也就一丁点儿大。因为心冻僵了，所以才感到瑟瑟缩缩。

小坂留美把毯子拽到鼻头。

"男人个个都一样。"

呢喃刚出口，她便后悔了。明明跟自己约法三章过，绝不说这种话的。如果说男人个个都一样，那就不得不承认女人也个个都一样了。

"那种人……"

再度呢喃，再度后悔，把人渣当成了真命天子，挫败感和凄凉感涌上心头。

嗯，男人也不是个个都一样。男人有两种。

一种是只馋你的身子……

另一种则是先骗心再骗身……

此时此刻，她甚至觉得精虫上脑的前者还更善良几分。

"那种人……"

留美在自知的悔恨中喃喃自语。

她蒙上毯子。

再过三天就三十一岁了……怎么碰上的净是些烂桃花呢？

小桌上的电话响了。

一通半夜一点多的电话。留美如胎儿般在毯子里蜷缩了许久。电话响个不停。她只露出一双眼睛，盯着电话。铃声不止。她也清楚，伸手是因为还没放下。受了那么大的委屈，心里却还是盼着他的一句"对不起"。

"不好意思啊，这么晚了还打电话来，我是町井。"

电话那头的人却大大出乎她的意料。

町井婚前姓落合，落合春枝。她那欢快的声音，喜气洋洋，那是留美最不想听到的声音。更何况是在这样一个夜晚。

"……好久不见。"

"睡了呀？"

"没，醒着呢。"

留美不禁诅咒脱口而出的自己。撂下一句"睡了"挂断电话不就结了？

"真是好久没见了，最近怎么样？"

"嗯……老样子吧。"

一如既往的对话。春枝每年都会打一两次电话来，仿佛是为了确认留美是否还单着。

"还挺想聚聚的呢。"

"是啊。"

话虽如此,她们并不会定下具体的聚会日期。这似乎已成默契。

"呃……都过去八年了?还是九年?"

"快十年了吧。"

"哇,时间过得真快,我们都成大妈啦。"

留美感到胸口隐隐作痛。可以肆无忌惮地称自己为"大妈",正说明春枝置身于一个幸福美满的家庭。

说到这儿,她便想起来了。约莫半年前,她收到过春枝寄来的明信片,上面写着一首以花为题材的诗。还记得自己当时便暗暗感慨,"看来春枝是真的很幸福啊"。

"呃……谢谢你的明信片。虽然现在说好像迟了一点儿。你还在玩插花呢?"

"嗯,也就这么一个爱好了。"

对面的声音模糊了一下,似乎是用手机打的。

"你在外面?"

"没啊,在家。"

"今天好冷哟。"

"有吗?我还挺暖和的。"

挂了吧。留美刚冒出这个念头——

"说不定我们明天就能偶遇呢。"

留美心头一惊。

"……也是，说不定就在哪儿碰上了。"

"越说越觉得真能碰上。"

"嗯。"

"真碰上了，就去吃点儿好吃的吧。"

留美感到窒息。

"本部跟前的咖啡厅还开着吗？"

"开着啊，'番红花'是吧？"

"他们家的什锦三明治可真好吃啊！"

"是啊。"

"还有中午的比萨。"

"嗯。"

春枝似乎听出留美想挂了。稍作停顿后，她快速说道：

"那回头见啦，肯定会有机会的。"

留美放下听筒，钻进毯子。

一通电话，打得她筋疲力尽。

L县警校。那一届只有三个女生，留美、春枝和久乃。结束严苛的宿舍生活，被分配到基层之前，她们亲如姐妹。

谁知造化弄人，她们三个竟爱上了同一个男人。他是辖区防暴警队的，笑容灿烂夺目。她们为他要尽了心机，如今回想起来只觉得幼稚而拙劣。拜那些心机手段所赐，她们互相伤害，渐行渐远。

最终是久乃赢得了他的心。她如愿嫁给了心上人，辞去了女警的工作，还生下了他的孩子。

如果有足够的时间，留美和春枝这两个伤心人兴许可以重新走到一起。但春枝斩断了这种可能。在久乃辞职后不久，她也离开了警界。

这令留美痛苦不堪。

警界的圈子很小。"同届的三个女警为一个防暴警察争风吃醋"成了值班时打发时间的绝佳谈资。添油加醋过的八卦传遍了警队的角角落落。春枝就是受不了风言风语才选择了逃跑。据说她和那位有过鱼水之欢，想必失恋的痛苦更甚于留美。得知心上人选了久乃之后，春枝仍不死心，直到最后都在死缠烂打。不难想象，她定是心力交瘁。

但留美无法原谅，她恨极了春枝，恨她把自己丢在无情的闲言碎语中。事到如今，留美是想辞职都辞不了了。父亲体弱多病，家里还有一个上高二的弟弟。从二十个竞争对手中脱颖而出拿下的这份工作也令她自豪。她将这份自豪感视作救命稻草，牢牢抓住。每次穿上制服，她都会告诉自己"我是可以帮到别人的"。

大约五年后，留美听说春枝嫁了个上班族。她没有收到婚宴的请帖，即使收到了，恐怕也不会去。

留美也在警界之外物色人生伴侣，谈过几次恋爱，但都没修成正果。不是急于确定关系，就是过于小心翼翼，整天跟无头苍蝇似的，乱得她自己都觉得无语。初恋带来的挫败与懊恼并没有让留美长进多少，反倒为每一次新的邂逅注入了迷茫和急躁。正因如此，留美才会在得知春枝抢先步入婚姻殿堂后丧失理智，一次又一次傻乎乎地把自己交给人渣。

可是……留美在毯子里喃喃自语。

本以为这次会有不同的结果。她曾对此深信不疑。

现任男友小她三岁，个子很高，是个生物技术工程师，梦想着培养出大到装不进商用冷柜的巨型生菜。他不是老古板，开着跑车到处玩，第一次约会就带她去了一百五十公里外的湖畔餐厅。他爱笑，也爱吃。当留美摸清他的每一件衬衫和每一条领带时，他们在一家朴实无华的城市酒店过了夜。他们在那方面也很合拍。他在床上也很温柔。从那时起，她便一直等待着他的求婚。她的心告诉她，我不是急着把自己嫁出去，而是真心想和他过一辈子。

谁知——

三天前在他胸口听到的话，仍伴随着痛苦萦绕在耳畔。

哎，下次带上你的女警制服呗——

换成他，他受得了吗？他能眼睁睁看着自己呕心沥血培育出来的巨型生菜被唾液和精液玷污吗？

嘀。

枕边的闹钟报时了，凌晨三点……

留美闭上泪眼。

就这样了？又要苦苦寻觅下一段恋情了？

好累。

春枝的面容浮现在漆黑的视网膜上。

嫉妒,让十年前的那张脸展露出幸福的微笑。

3

"早上好,能打听个事吗?"

"怎么了?"

"您家隔壁的仓石先生在不在家呀?"

"你也是警察?"

"不,我不是的。"

"我都快被他吵死了,动不动就在家打麻将。你也看见了,我们家是开牛奶铺的,每天都要早起,他也不顾及着点儿。麻将打腻了,就带着一群凶神恶煞的小年轻出去喝酒,喝到第二天早上才回来也是常有的事,有时候一整天都不见人。进出这屋子的女人也是换了一个又一个……街坊见了他都直皱眉。他在同事里的风评肯定也不好吧?"

"呃,这……我也不清楚……"

"我看他八成是直接去警局了。你见着他了替我带句话,就说街坊们都很有意见。哦,对了,顺便提醒他在规定的日子倒垃圾。"

4

一辆白色轻型汽车停在工厂旧址的角落。

橡胶管的一头连着消声器,另一头塞入车内。靠近驾驶座的车窗用胶带从内侧封住,堵死了因管子的厚度形成的缝隙。

町井春枝的脸颊抵着驾驶座一侧的窗玻璃。肌肤的粗糙程度将十年的岁月体现得淋漓尽致。也许她不想浓妆艳抹,所以才没给自己化最后一次妆。不过微微张开的嘴唇形状姣好,还涂着年过三十岁的女人不敢轻易尝试的粉色口红,春意盎然。

留美站在车边,呆若木鸡。她的脚是真的软了,想要走开,却死活挪不开步子。

今天早上,她被验尸官仓石警视的一通电话叫了出来。十年前,仓石是本部鉴证课的二把手,留美则被分配到了指纹组,在他手下待过一年。春枝就是在那一年辞职的。当时,春枝也被分配到了指纹组,但不到一个月就向仓石递交了辞呈。

有一次,上头派留美和春枝去一起尾气自杀案的现场增援。还记得仓石在现场幽幽道:"安眠药配尾气,是最干净的死法。"

春枝肯定还记得。

数名鉴证专员围着那辆车。

车门被打开。春枝的身体险些向外瘫倒,一名课员急忙伸手扶住。留美看见她裙子的膝头放着一部手机,腿抖得更厉害了。

"没啊,在家。"

"有吗?我还挺暖和的。"

春枝还说过。

"说不定我们明天就能偶遇呢。"

"越说越觉得真能碰上。"

太过分了……留美在口中喃喃道。

春枝早已确信,今天留美会在这里露出这样的神情。

可她的泪水还是夺眶而出。心中唯有哀伤。春枝怎么就自杀了呢?

"小坂——"

循声望去,仓石的身影映入眼帘,直叫人联想到杉树。大背头,眼神犀利,"跟意大利黑手党似的"。她曾和春枝如此窃窃私语,相视而笑。

"调查官,春枝为什么……"

自己的声音都变了调。留美拭去泪水,再次问道:

"春枝为什么要自杀?"

仓石慵懒地转了转头。

"还不确定是自杀。"

她不敢相信自己的耳朵。

"仔细验过尸体再说。"

"可车窗贴着胶带啊!还是从里面贴的。"

"不是只贴了驾驶座那边吗?贴完再从副驾驶座那边下车上锁不就行了。"

"话、话是这么说……"

仓石慢步走向汽车。

留美怎么看怎么觉得他是在装腔作势。谁都能看出这就是自杀。她希望仓石赶紧下定论,不然心里永远都是一团乱麻。

双腿已重获自由,留美走向近处的刑警。

"请问……查到她为什么自杀了吗?"

冷淡的声音传来。

"死者跟丈夫分居两年了,两个孩子是爷爷奶奶在带。眼下就查到了这些。"

留美瞪大双眼,眨了又眨。

"哇,时间过得真快,我们都成大妈啦。"

原来春枝并不幸福……

验看完毕的仓石回来了。

"调查官,怎么样?"

仓石没有回答,而是将不带一丝情绪的目光投向留美。

"说说你知道的。"

留美点了点头,咽下嘴里的唾沫。

"昨晚打电话的时候,她的声音从头到尾都很欢快。可现在回想起来……每一句话好像都暗示着她已经打定主意要死了……"

留美咬住嘴唇。

"不必自责,听不出来也很正常——继续。"

"好、好的……"

仓石没有做笔记,默默听着。

"电话内容大致就是这样。还有……"

留美从挎包里拿出一张明信片。

"这就是电话里提到的那张明信片,是春枝大约半年前寄给我的,也不知道有没有参考价值……她年轻时上过插花兴趣班,喜欢用身边的花草弄些小作品,辞职以后好像也没放弃这个爱好。"

明信片上用水彩画着春枝插的花,旁边配了一首用便携式毛笔写的诗。听说春枝的祖母是本县小有名气的诗人。难怪春枝的诗有种别样的古韵,总能触动读者的心弦。

仓石接过明信片,留美的目光也再次扫过上面的文字。

冬日紫瓶映白玫,
红蔓妙弧自成趣。

仓石把手插进西装内袋。

"这是她寄给妹妹的。"

留美瞠目结舌,因为仓石也拿出了一张春枝寄的明信片。

冬青去叶留红果,
惹人怜爱入画屏。

留美长呼一口气。

"她给很多人寄过吗?"

"不知道。"

"您那张是什么时候收到的?"

"邮戳是四个月前的。"

说完,仓石转身望去。只见三个面相凶狠的便衣刑警跑了过来。

"调查官——"

开口的是片区的刑事课长,他正用手捂着手机的话筒。

"警务部[1]长找您。"

留美立刻反应过来。自杀的是个"前女警",所以警务部很是紧张。

"说我不在。"

"部长发了好大的火,说打不通您的手机……"

"我嫌它响个不停太吵了,就关机了。"

仓石转向小个子老刑警。

"查到没?"

"只查到了些皮毛。据说町井春枝的婆婆相当强势,成天欺负儿媳。"

"口红呢?"

---

[1] 日本警视厅下设部门之一。——编者注

"婆婆说不知道,八成是町井自己的吧。"

"呃,打扰了……"

本部的年轻刑警从旁插话。

"怎么了?"

"田崎刑事部长来电,问调查官的结论。"

"你就告诉他——是他杀。"

刑警们目瞪口呆。仓石的声音似乎也传进了鉴证专员的耳朵。他们都停下了手上的工作,露出惊讶的表情。

留美脱口而出:

"真是他杀吗?"

区区女警竟敢质疑"终身验尸官"仓石的结论。换作平时,旁人早已慌成一团。但留美说出了在场所有人的心声。

仓石加强语气,对本部的刑警说道:

"还不快去汇报!让他派百十来号人加紧排查。"

5

"不好意思啊,打扰您休息了。"

"哦,是你啊。什么事啊?"

"没什么事,就是例行的记者夜巡。"

"哦。要不进屋聊?不过我老婆回东京的家了,没人泡茶招待你。"

"不用,在这儿就行。"

"可站着聊多尴尬啊。"

"没关系的——我就问几个问题,关于一周前的尾气自杀案。"

"你搞错啦,刑事部长住隔壁哟。"

"不,警务部长,我是专门来问您的。"

"什么意思?我可不管查案啊。"

"您就别打太极拳了。自杀的人不是在L县警当过女警吗?"

"谁告诉你的?"

"消息来源不便透露。不过嘛,大家都这么说。"

"你们不是真要写吧?"

"您这是承认了?"

"我可什么都不知道。"

"好吧,那您可以看看明天的早报,会有一篇关于町井春枝的报道。"

"等等——她只在县警干了三年啊,而且十年前就辞职了。强调她是前女警也太过分了吧?"

"如您所说,离职警察寻短见确实没什么好写的。可他杀就得另当别论了。"

"谁告诉你的?"

"怎么又绕回这个问题了?不用别人告诉我,睁眼看看就知道了,毕竟出动了那么多刑警。"

"就是自杀,错不了。我把搜查资料发给本厅的刑事局,他们回复我说,百分之百是自杀。"

"那为什么仓石验尸官坚称是他杀?"

"天知道他在发什么神经,脑子里在想什么。你要想知道,不如直接去问他。"

"这不是逮不住他嘛,毕竟他公务繁忙,私生活也没闲着。"

"我也看不明白你在想什么。我是警务部的,你到底想从我这儿问出点儿什么呢?"

"简而言之——这次的调查工作是按'他杀'开展的,这到底是L县警的意思,还是验尸官一意孤行?如果是前者,我们就打算跟进一下。"

"答案不是明摆着的吗?就是验尸官哗众取宠。虽然大家都说他的验尸水平很高,但这次显然是马失前蹄了。这项巨大的败绩足以毁掉他的职业生涯。我近期会跟本部长协商一下,撤了他的职。"

"我建议您再好好斟酌一下。"

"为什么?"

"我观察了刑事部整整一星期,发现每个人都认为这是一起自杀事件,却仍在尽力走访调查,没有一句怨言。您就不觉得奇怪吗?"

"因为他有人望?"

"这当然也是一方面,但这次的事情没有这么简单……怎么说呢,总感觉刑事部的人都隐约猜到了仓石警官的意图。他们知道他想做什么,所以才会如此团结一致。如果您在这种时候撤掉仓石警官,搞不好会得罪整个刑事部。"

6

午休时,留美走出交通企划课,上到五层。自町井春枝出事以来,她每天都要跑上一趟。今天已经是第十天了。她的心中五味杂陈。既有对仓石的共鸣,也有对他的抵触。留美自己也理不出个头绪。

留美推开搜查一课的房门。只见仓石坐在大办公室深处的验尸官专座,嘴角叼着牙签,沉着脸看着厚厚的一沓搜查资料。

"打扰了。"

"辛苦了,坐。"

留美坐在了他扬起尖下巴示意的钢管椅子上。这也成了每天的例行公事。

她从挎包里拿出两张明信片。

"这是第十八张和第十九张,寄给高中同学的。"

"我看看。"

蜡梅端方而立,
未开一朵独傲。
山茶终有花蕾,
染上亮色而翘。
绿叶鲜亮悄然,
呼吸自若任好。

琉璃瓶中蓝星花,
淡雅别致更耀眼。
云龙柳下聚花簇,
星星点点翩翩起。
谦逊之中见雅丽,
花器花朵焕生机。

"我感觉……我终于想明白了。"

留美话音刚落,仓石便投来目光。他转动椅子,还调整了身体的朝向。

"说来听听。"

"都是冬天——无论是花,还是诗里提到的季节。邮戳明明是春夏秋冬都有,町井春枝的画和文字却只刻画了冬天。和丈夫分居之前就开始了,结婚以后一直都是这样。"

"所以?"

留美微微吸了一口气。

"春枝的内心一直都被寒冬笼罩。这些年，她一直都被冻得动弹不得。"

仓石模棱两可地点了点头，看起来并没有完全接受这一推论。

留美却深信不疑。因为她不是单靠明信片得出了这个结论。

仓石的办公桌上堆着大量的搜查资料。那是百余名刑警每天收集来的"春枝情报"。留美也翻看过其中的大部分。

夫妻关系僵到极点，婆媳争吵不断。怎么带孩子、邻里关系、朋友圈子、常去的商店、常买的熟食、分居后的生活、在兼职单位的口碑、跟同事抱怨过什么、黏着婆婆的孩子们……

春枝离开警界后的十年，十年的风霜雨雪，都在这些资料里。每一条情报，都诉说着春枝深陷的孤独。町井家也好，贤妻良母的人生也罢，都没有开怀接纳春枝。春枝无法沉浸其中。

留美认为，明信片是春枝发出的求救信号。然而，她的求救信号没有被任何一个人接收到，包括留美在内。

所以她今天必须说个清楚。

留美挺直腰杆。

"调查官——"

"嗯？"

回应她的只有声音。

"您要查到什么时候？"

仓石抬起看着资料的双眸。

"查到有结论为止。"

他的声音里有种不容分说的力量。但留美没有退缩。

"结论已经出来了。町井春枝不堪忍受孤独,所以选择了自杀。您看了那么多搜查资料,应该比谁都清楚。"

仓石将目光转回资料。

留美感到脸上发烫,话语就此决堤。

"我知道,一课和鉴证的同事们也都知道。您说这案子是他杀,为的是查明春枝自杀的理由。当时警务部长都打电话来现场了,肯定是让您别把事情闹大。毕竟春枝当过女警,他怕消息走漏出去影响不好。如果您当场断定是自杀,后续调查就不会开展。所以,您才谎称是他杀,派了上百人走访排查。但这么做真的有必要吗?"

留美凝视着半空:"我都快喘不过气了。"

仓石用眼角余光瞥了瞥留美:"为什么?"

"我真的不忍心再看着春枝被扒光、被解剖的样子了。"

"那你别干了。"

留美拒不退让:"请您告诉我,为什么要花这么大力气去调查春枝?再查也不会有什么结果了。町井家的人嫌弃春枝,把她赶出家门,不让她见孩子。她变成了孤家寡人,所以才会自杀。"

"口红要怎么解释?"

仓石看着资料说道。话音刚落,一位内勤人员在右手边的传真室里喊道:"调查官,富田署请您出现场!"

"什么情况?"

"瘫痪老人非正常死亡,说是有些疑点。"

仓石"啧"了一声,起身道:"告诉他们我随后就到。"

留美也急忙起身:"调查官,您说的'口红'是什么意思?是春枝涂的口红吗?"

"把车开去配楼后面!别让记者瞧出端倪。"

"调查官!"

"啰唆!别在我耳边嚷嚷!"

"口红到底是——"

"到时候你就知道了,我已经让人去查了。"

"我不明白。到底有什么好查——"

桌上的电话响了,仓石迅速接起,通话持续了几分钟。

放下听筒后,仓石用不见杀气的眼神看着留美。

"查到送口红的人了。"

留美一时间没反应过来。

送口红的人……?口红是别人送的?

"是谁……?"

"国广辉久。"

留美无言以对。

正是十年前让三位女警争得头破血流的防暴警察——

留美伸手扶桌,头晕目眩。

春枝还惦记着他……

怎么会这样……

春枝不是没被町井家接纳，而是自己不愿融入。她还是曾经的落合春枝。因为她忘不了他……

留美的思路跟不上骤变的案情。

她心头一凛，望向仓石。他正拿起听筒拨号，看着像刑事部长的分机号。

"我要撤回对町井春枝一案的结论——对，是自杀——我先去趟富田，回来再写检讨。"

刚放下听筒，仓石便大步流星地走向门口。

留美凝视那消瘦的背影。

败绩。

仓石担任验尸官近九年，初尝败绩。留美撒腿就跑，在走廊追上了仓石。

"调查官——"

"又怎么了？"

仓石步履不停。

"为什么？您为什么要为春枝做到这个地步？"

话出口的瞬间，她怀疑起了两人的关系。

留美使劲晃了晃脑袋。

"调查官——"

"因为她是我的部下。"

留美愣在原地。

仓石的背影迅速远去。

她追不动了，也没有了追的必要。

十年前，春枝只在鉴证课待了一个月——仓石却毫不犹豫地说，春枝是他的"部下"。

仓石的身影消失在楼梯。

说不定男人不止两种。留美盯着空空如也的楼梯看了许久，想出了神。

7

"啊！逮着了逮着了！仓石警官——"

"嗯？哦，是你啊。"

"好久不见——咦，小坂警官也在？"

"哈喽，叫我留美吧！"

"呃……二位贴这么紧不要紧吗？"

"我们还要共度良宵呢——是不是呀，调查官？"

"臭烘烘的女人就免了吧。"

"调查官好过分啊！人家才不臭呢！"

"乳臭未干。"

"哇，一点儿面子都不给啊！我都三十一岁了！"

"不还是个小姑娘吗?历练个五年十年再说吧。"

"哇,这话我爱听!"

"呃……仓石警官。"

"嗯?"

"您是不是瘦了?"

"我从小到大都这样,再瘦就要见阎王了。"

"咦,里头那位不是一之濑警官吗?"

"说是成天泡在银座,就怀念起了乡下的破酒馆。扯远了,找我什么事?"

"哦,对了对了,就是想跟您打听个事。"

"听不见,说大点儿声。"

"好的!不过这卡拉OK的声音不能想想办法吗?这个唱法肯定违反《噪声防治条例》了啊!"

"抬过尸体的日子就得闹一闹啊!再说了,这是鉴证的老窝,不是你们记者该来的地方。"

"这家店不是叫'捉迷藏'嘛,您就当我是捉人的鬼呗。"

"少他妈耍嘴皮子。"

"骂得好!调查官,继续骂,狠狠地骂!"

"这可怎么采访啊……小坂警官的眼睛都睁不开了,还是回家歇着吧。"

"啰——唆!妨碍人家谈恋爱的电灯泡就该撒泡尿乖乖睡觉!"

"哈哈哈，我投降。"

"好了好了，坐下说吧。你到底想问什么？"

"想问的多了去了，先聊聊今天的死者吧。是富田市的瘫痪老人吧？"

"右侧手脚勉强能动。"

"嗯，我听说了。您就是凭这一点断定他是自杀的吧。可他一个人真能完成那一系列的动作吗？先爬出被窝，往自己脖子上缠一圈晾衣绳，再把绳子的另一头系在衣柜抽屉的把手上，然后——"

"系绳的时候把抽屉拉出八分，系好了再用能动的右脚把抽屉踹回去。于是绳子就绷紧了，勒住脖子，窒息而死——哪儿有疑点？"

"我的意思是，一个偏瘫老人真有那么大的本事吗？"

"意志够坚定就行。"

"可这样真能死成吗？"

"一般来说，将体重的百分之五压在颈动脉上，血流就会停止。足够了。"

"嗯……总觉得难以置信。"

"不然那老爷子是怎么死的？"

"话说您到现场的时候，绳子什么的都已经被收起来了吧？"

"对。"

"是家里人收的？"

"发现尸体的儿子儿媳解开了老爷子脖子上的绳子，给他换上崭新的浴衣，把人安放在了被褥上。"

"听说儿子儿媳很缺钱啊。儿子被建筑公司裁掉了，儿媳也得了风湿，要定期跑医院。"

"好像是。"

"而死者买了五百万日元的人寿保险。对儿子儿媳来说，这也不是个小数目吧？"

"当然。"

"而且儿子想去冲绳吧，毕竟有个从事建筑防水工作的学长问他要不要去帮忙。但他去不了，因为家里还有个瘫痪的父亲。"

"嗯。"

"拿到赔款，甩掉累赘，一石二鸟——这么想不是更自然吗？"

"跟我的不一样。"

"哟，在这儿候着我呢！可是看间接证据的话，最可疑的不就是他们吗？再说了，光凭死者的右手右脚能动这一点，也只能证明'他有能力做到'，却不能证明'是谁做的'呀。'有可能'和'实际做过'可是两码事。"

"确实。"

"那您怎么就断定是自杀呢？"

"你问了也是白搭，写不了文章。那就是一起无名老人的自杀案。"

"就算写不了，我也好奇真相啊。我在现场听说……"

"听说什么了？"

"您听了可别生气啊。"

"气不气得听了才知道，还不快说。"

"听说您刚进死者的房间没多久，只看了一下老人的脖子和抽屉的把手就下了定论——真是这样吗？"

"是又如何？"

"照理说，如果硬把勒死说成是上吊，一看脖子上的索沟弧度就露馅儿了。可如果是在老人躺着的状态下动的手，不就很难跟'用抽屉自杀'区分开了吗？"

"话是这么说。"

"是吧？如果儿子儿媳一开始就打算将老头的死伪装成用抽屉自杀，就能刻意留下符合这种死法的索沟，当然也能在抽屉把手上留下完美的痕迹。简而言之，不能光看脖子和把手的情况就断定是自杀还是他杀。我说的没错吧？那您为什么——"

"不是'看'出来的，而是'闻'出来的。"

"啊……？"

"一进屋，我就凭屋里的气味做出了判断。"

"您、您闻到什么味儿了？"

"什么都没闻到。"

"没闻到……？您就凭这个得出了自杀的结论？"

"没错。"

"我怎么听不明白呢，到底是怎么回事啊？"

"说来可悲，老人味是一种非常强烈的气味，瘫痪在床的老人就更不用说了。但我没在那个房间闻到那股气味。"

"啊……"

"空气清新，全无异味。单单换身浴衣，开会儿窗，是不可能彻底清除老人房间里的气味的。必须每天晒太阳，开窗通风，把老人的身体擦得干干净净，才不会有臭味。"

"……"

"老爷子得到了儿子儿媳的精心照料，所以才用并不灵活的身体踹了那个抽屉。因为他太想让孩子们去冲绳了。"

"……"

"喂，怎么了？"

"……"

"傻小子，成天哭哭啼啼的还怎么当记者！"

"啊，哦……对不起。"

"那就给我狠狠喝，狠狠闹。这家店就是做这个用的。"

"多谢您告诉我——啊，小坂警官真睡过去了。她好像喝了不少啊。"

"町井的案子你也听说了吧？"

"嗯。"

"她俩一届的。"

"哦……那心里肯定很不好受。"

"是啊。"

"您也不容易啊,第一次栽了跟头。"

"没辙,确实是自杀。"

"但大家都说您是故意的……算了算了,今天就不说这些了。我也来唱一首?"

"随你。"

"不过……"

"不过什么?"

"小坂警官的睡脸还挺可爱的呢。"

"你考虑考虑?"

"啊?"

"幼稚归幼稚,人还不错,回东京的时候带上她呗。"

"咦?好像之前也有人这么跟我说来着……"

"你那是什么表情?不乐意啊?"

"哦,不不不,呃……不是带人回东京的事……我好像忘了什么跟您有关系的要紧事……啊!对了对了,想起来了!"

"想起什么了?"

"街坊们托我提醒您,让您在规定的日子倒垃圾。"

十七年蝉

1

黎明前的国道，空空荡荡。

远光灯撕破黑暗。永岛武文狠狠拧动油门，引擎顿时咆哮起来。亚光的黑色750cc[1]。永岛没戴头盔，朱美贴着他的后背，双臂搂着他的腹部。她向来胆子小，纤细的胳膊用尽了力气，紧紧抓着他。

时速一百公里有余。脸颊上的肉因风压不住颤动。即便如此，他还在拧油门。视野缩小，嘴角渗出的唾液划出一道横线。他和朱美仿佛能去到天涯海角，去没有父母、没有家也没有学校的地方。连异世界和异度空间都去得了。

油门全开。仪表盘上的指针稳步上升。一百一……一百二……一百三……一百四！震动、恐惧、恍惚。四肢自不必论，连大脑都麻木了。

朱美在耳边喊着什么。

---

[1] cc指的是摩托车的排气量。"750cc"代表排气量为750cc的摩托车。——编者注

爱死你了！

她肯定是这么说的。

腹部的压迫感忽然消失。朱美放松了胳膊。她是想告诉永岛。

我不怕了。只要跟你在一起，我连死都不怕——

2

L县警刑事部搜查一课。高岛课长盯着仓石的眼睛。

"十七年蝉……？什么玩意儿？"

仓石深陷在沙发里："一种北美的蝉，每隔十七年大繁殖一次。借用学者的说法，这种习性出于本能，是为了加强稀释效应。"

"稀释效应？"

"说白了就是群体的数量越多，个体沦为掠食者口粮的风险就越低。"

"掠食者……你是说天敌？"

仓石微微点头。

"蝉的天敌主要是鸟，但鸟没那么多，吃不完铺天盖地的十七年蝉。鸟要是照着这种任性的蝉去进化，剩下的十六年就得喝西北风了。"

"哦……十七年蝉我算是听明白了。问题是你到底想说什么？"

仓石嗤之以鼻。

"连我这个课长都听不得？"

"你还没反应过来？"

"我不觉得蝉的习性足以成为你拒绝调动的理由。你也知道田崎部长想把你调走吧？"

"知道。"

"说实话，我很器重你的本事，今年也想让你留任。但你当了太久验尸官也是不争的事实。今年春天还不挪，就是第十年了。"

"还真是。"

高岛不禁咂嘴。

"给我老实听着。部长很抵触'终身验尸官'这个绰号。他也怕啊。这次再不动你，我也不好做人，你就体谅体谅我的难处吧。我都跟警务那边说好了，留了署长的位置给你。你就乖乖听我这一回。"

"恕难从命。"

"为什么？"

"因为我不是吃饱了撑的才提起了十七年蝉。"

"那就给我解释清楚！"

仓石站了起来。

"喂，等等，仓石——"

仓石置若罔闻，走向门口。

"仓石！"

他转过头来，眯起眼睛。

"堂堂搜查一课课长，怎么就沦落成管人事的了？"

"你说什么……？"

"你的职责不是尽可能多破案吗？"

高岛瞠目起身。

"混账！那就给我说清楚了！到底是什么案子？给我从头说起！我听明白了才能帮你去做部长的工作。给我说！十七年蝉和案子到底有什么关系？"

仓石已然迈开步子。

"急什么！到夏天就知道了。"

3

蝉鸣渗入敞开的窗户。七月的最后一个周六。都过了中午，永岛却仍未起床。人早就醒了，却懒得起来，就这么躺在一室户的钢管床上，呆呆地看着被烟熏得发黄的天花板。

他能感觉到累的不单是身体，还有头脑。上个月底，不合时节的调令从天而降。刑事部搜查一课助理调查官——简而言之，这是一个见习职位，一边当验尸官的司机，一边学习相关知识。

调动来得突兀，而且莫名其妙。

永岛入职L县警已有十五年，却始终没有"专长"。他待过的部门更是五花八门，包括片区的地区课、生活安全课、交通课、刑事课……同事们戏称他为"万金油"，说他是"样样通，样样松"。他也干过鉴证，但只有短短两年。照理说，这样一个人是不可能被任命为专业性颇高的助理调查官的。再者，那个职位本该是警部职级的专属，怎么就偏偏挑了他这个三十三岁的巡查部长[1]？

忙碌将这些疑问轰到了九霄云外。本部搜查一课的验尸官专线每天都会接到本县片区为非正常死亡的尸体打来的电话。片区验尸组会先查看尸体，只要有一丝他杀的嫌疑，都要申请验尸官到现场验看。而且在L县警，申请率高得出奇。原因只有一个，那便是"终身验尸官"的存在。他这些年的丰功伟绩比什么都有说服力。"终身验尸官"识破了许多被片区判定为自杀或病死的他杀，也有同样多的"他杀"被他推翻，以"无须介入调查"收场。片区畏惧他的慧眼，却也对他高度依赖。所以，除非是板上钉钉的自然死亡，否则他们都会低三下四地请仓石调查官亲临现场。

这便注定了验尸官专车的司机在县警本部的办公桌前坐定的时间寥寥无几。他得载着仓石奔赴东南西北。在现场等待着他们

---

[1] 日本警察警衔之一，在职务上相当于普通民警。——编者注

的当然是尸体。捅死的、打死的、淹死的、烧死的、吊死的、压死的、毒死的、电死的……各种凄惨的死法映入眼帘。最要命的是尸臭。那股气味会渗进衣服，沾染皮肤。要是能在验尸期间在人中处涂点儿薄荷膏，那还能好受点儿，然而仓石坚决不准，非说气味也是信息的来源。永岛被尸臭折磨得苦不堪言，食不下咽，暴瘦六斤。"吃点儿肉，抱抱女人。"仓石咧嘴一笑，第一次给他放了假。那是昨晚的事。

门铃响了，永岛下了床。

看时间，八成是早濑绫子。她时不时会在周末过来给他做午饭。两人之间还没发展出更深的关系。绫子似乎很介意自己比永岛大两岁。"工作这么辛苦，得好好吃饭呀。"也许是因为把这句话用作了上门的理由，她总是在扮演一个姐姐，而非异性。

但今天的情况略有不同。

他一边穿着Polo衫，一边打开房门。映入眼帘的是嘴角两端吊起的僵硬笑容，绫子的脸颊绯红，双手都提着鼓鼓囊囊的超市购物袋。言外之意，晚餐她也包了。

"没打扰你休息吧？"

绫子抛出耳熟的台词，眯眼望向一室户深处。他们从未深入交流过彼此的异性关系，但她可能还是敏感地捕捉到了那一丝丝"女人的存在感"。

"你是不是瘦了？"

"嗯，瘦了点儿。"

"肯定是没好好吃饭，"绫子边脱高跟鞋边说，"还没吃午饭吧？"

"嗯，刚起来，啥都没吃呢。"

"这就给你做。冷面行吗？"

"不好意思啊，老是麻烦你。"

"跟我客气什么！"绫子用含着笑意的眼睛瞪着永岛，"别说这种话，我乐意嘛。"

永岛坐在无腿椅上，看着绫子的背影。她站在小小的煤气炉前，忙忙碌碌。永岛的心境自然而然地平和下来。他越发确定，自己已被她吸引，倾心于她。

他们在两年前初遇。绫子开的轻型汽车出了自损事故，是永岛出的警。车撞断了路标杆，左前侧损毁严重，幸好绫子平安无事。他安抚了六神无主的她，帮忙联系了保险公司，安排了拖车。他当时任职于片区的事故组，所以并没有和绫子有过什么印象深刻的对话。没想到今年三月，两人在交通安全协会组织的游行宣传活动中重逢，事后聚餐时也是挨着坐的。绫子坦白，她在本县首屈一指的L银行上班，来宣传活动帮忙纯粹是出于义务。几杯酒下肚，她便打开了话匣子。"别看我现在这副样子，二十多岁的时候啊，我可是坐柜台的呢，现在却只能坐在最里边了。就跟女主播似的，年纪大一点儿就过气了。"也是在那个晚上，他们得知对方也是单身。

在永岛眼里，三十五岁的绫子是一个很有魅力的女人。开始交往后，他便渐渐窥探到了那耿直和可爱同在的内心世界。她在某些话题上的含糊其词，让永岛猜到她吃过男人的亏。渐渐地，想要结婚的念头微微萌芽。如果跟她都不成，那这辈子怕是也没戏了——永岛已然对绫子生出了这样的想法。

"做——好——啦，也不知道合不合你的胃口。"

绫子用唱歌似的语气说道，端来一盘冷面。

永岛没什么胃口，却还是大声吸着面条。

"嗯，好吃。"

"真的？"

"冷面不也有很多种吗？但这是我喜欢的味道。"

"那就好。"

绫子自己也动了筷子，却没把面条送进嘴里，而是快速说道：

"你最近好像很忙呀。"

永岛抬起头，面前便是绫子写满试探的双眸。

他很快反应过来。在他围着尸体忙得不可开交的这一个月里，绫子肯定来过他家好几次。不难想象，她每次扑空都会唉声叹气，说不定还生出了"这段关系大概已经到头了"的念头。难怪她今天上门时笑得那么僵硬。她买了一大堆食材，心想要是能见着人，就多待一会儿，连晚饭也一并做了。一定是这样。绫子潮红的脸上，打从一开始就蒙上了一层薄薄的决心或觉悟。

怜爱涌上心头。永岛看向购物袋说道：

"今天还能吃到你做的晚饭？"

绫子的眸子一颤:"不要紧吗?"

"什么不要紧?"

"我待到晚上……"

"没问题啊。"

绫子两眼放光:"真的?"

"真的。"

"那要搞到很晚呢,要不我今晚就住下了?"

"行啊。"

"我可要当真了啊!"

"当真就当真呗。"

"可我不想跟别的女人撞个正着……"

哪来的"别的女人"——

永岛本想随口回一句,脸颊却是一抽。他急忙掩饰,却能感觉到自己的神情变得更严肃了。

洗完碗筷,绫子还是决定回家。他挽留了,却没有用。"我改天再来。"她长得本就清冷,硬挤出来的笑容留下的残影着实叫人心疼。购物袋被撂在了水槽前的地上。凹凸不平的袋子倒向一边,胡萝卜和土豆滚了出来。她晚饭本想做咖喱,还是炖菜?

永岛倒在床上,翻身仰面,盯着天花板。

他还没放下,明明都过去十七年了……

藐视岁月的痛楚与激情仍在心田。

他的手下意识地摸向腹部。

余温仍在,那是朱美双臂的温度。

十六岁的夏天。他们无处容身,家里和学校都待不下去了。他骑着偷来的摩托车,朱美时刻紧贴着他的后背。那时的他真心以为,只要撕开黑暗,直直向前冲,就能去另一个世界。

我不怕了。只要跟你在一起,我连死都不怕——

永岛又何尝不是这么想的。他们共鸣,相融,同化。

他是那么爱朱美。

她的睫毛长得出奇,大眼睛总是含着水汽。脸颊上有一颗小痣。她一笑,那颗痣就会躲进酒窝里。他觉得很有意思,总拿这个逗朱美。在一起三个月后,他在朱美十六岁生日那天真正拥有了她。两个人都是第一次。从那时起,他们便难舍难分,去哪儿都形影不离,几乎天天都睡在一起。

朱美为家事烦恼不已,每隔一段时间都会情绪低落。"我是个私生子。"她曾如此喃喃道,在永岛胸口哭泣整宿。这个可恶的词语早已从民法条文中消失,却被她的亲生母亲深深刻在了心里。年轻的母亲开着一家简陋的泡饭馆,面相很不和善,与朱美毫无相似之处。她从未透露过朱美的生父是谁,可每次醉酒都要发泄一通对始乱终弃者的怨恨。"他身上就没有一滴红色的血!""他威胁我,非要让我打掉……紧要关头最无情的就是这种聪明的男人!"朱美总说她不想回家。他们经常在游戏厅里过夜,甚至睡过停着的卡车货架。他们拼命温暖对方冰冷的身体,挣扎着紧贴全身的每一寸肌肤。

要什么父母，要什么家庭，要什么学校，有朱美就够了。永岛本以为他们有朝一日能有自己的小家，能永远相伴而行。他从未对这样的未来有过丝毫的怀疑。谁知——

朱美死了。

被一群畜生害死了。

永岛走出家门。他漫无目的地开车乱逛。

周六下午，闹市区挤满了年轻的男男女女。不少男人坐在护栏上，伺机搭讪。棕色、银色和红色的头发……

永岛嘀咕道。

"混账东西……看我不弄死你们……"

4

都下午五点多了，太阳却依然很高。蝉鸣声声，让人倍感燥热。

剑崎市中央署搜查组长福园盛人站在仲井川公园的入口，貌似在等人。这是剑崎市最大的市民公园。一名就读于工业高中的高三男生遭人枪杀，陈尸于公园深处的运动广场。县警本部重案组的刑警与机动搜查队[1]的队员们从福园身边跑过。他杀案件的调

---

[1] 隶属于警视厅刑事部，主要负责巡逻和案发现场的初步调查。——编者注

查工作由本部主导。对他这位片区的搜查组长而言，这无异于外人不脱鞋就闯进了自己家里。

福园一次次拉长那粗短的脖子，盯着停车场所在的方向。约莫五分钟后，他等的人终于现身了。只见一道瘦如长矛的身影穿梭在连成串的警车之间。

福园劲头十足地抬手高呼：

"校长辛苦了！这边请！"

绷着脸的仓石越来越近。咂嘴的脆响传进福园的耳朵里。

"阿福，你就不能换个叫法吗？"

"哎呀，都叫习惯了，哪还改得了呀。校长就是校长嘛。"

又是一声"啧"。

"查到小鬼的身份没？"

问题来得太突然，福园慌忙掏出笔记本。

"死者叫大崎胜也，十八岁，在L工业高中念高三，但几乎不去上学，成天鬼混。听说，他还找毒贩批发了安非他命和甲苯，之后卖给了学弟。"

"查得挺快啊。"

"大概因为他是个远近闻名的小混混吧。"

"这么个小混混怎么跑市民公园来了？"

"来溜车的。市民公园禁止摩托车入内，所以他觉得刺激吧。搞不好是看准了星期六'观众'多。"

"就他一个？"

"嗯，出事的时候就他一个，不过他好像在等弟兄们过来。"

"目击者呢？"

"目前还没找到。"

"不是有很多观众吗？"

"只怪这公园太大了，有十个棒球场那么大。出事的地方又是最靠里的运动广场。据说大崎中枪的时候正坐在角落里的长椅上抽烟——"

"别提尸体，看过再说。"

仓石走上公园的步道，福园紧随其后。

"校长，今天就您一个人呀？"

"嗯。"

"那个叫永岛的呢？"

"休假。"

"您没叫他？"

"刚打了手机，一会儿就到。"

"校长，您怎么就选了他呢？"福园看准机会，说出憋了一个月的话，"怎么找了个万金油当助理验尸官啊？他都没有查案和鉴证方面的经验哎。"

"确实。"

"而且还是个职级最低的巡查部长，哪儿轮得到他啊！您怎么就没调我过去呢？"

"你也就是个警部补[1]。"

"总比巡查部长像样吧!"

"这差事靠的又不是样子。"

仓石走下喷泉的台阶,福园还不肯罢休。

"可您怎么偏偏挑了他呢?我听说他是'从良组'的哎。"

所谓"从良组",就是以前当过小混混的警察。

仓石"哼"了一声。

"管他是从良组还是特考组,不都一样是警察吗?"

"话是没错……可我听人说,永岛那家伙在十六岁那年因为准备凶器集合罪[2]被送上过家庭法庭!亏他还能当上警察,大伙儿都纳闷儿呢。"

所有"学生"都对永岛被调去仓石手下一事抱有同样的不满。

"知道法院是怎么判的吗?"

"那倒不知道。"

"法院决定不予审理,这不是没问题吗?"

"可准备凶器集合罪也太吓人了,他到底干了什么啊?"

"天知道。"

"校长!您就别打太极拳了,您怎么可能不知道!"

"据说当年有个片警很照顾他。好了吧,别跟娘们儿似的刨

---

1 日本警察警衔之一,在职务上相当于各乡镇公安派出所所长。——编者注
2 两人以上以共同伤害他人的生命、身体或财产为目的而集结,且携带凶器的罪名。

根问底。"

神情严峻的刑警追上他们。死者是被枪打死的，凶器还不在现场，十有八九是他杀。因此在一个以"判定是自杀还是他杀"为头等要务的验尸官看来，这并不是什么需要他第一时间赶到的现场。

福园偷瞄仓石的侧脸。他还是想不通，仓石怎么可能因为心血来潮就把一个不搞鉴证的人调到自己手下。仓石不惜降低工作效率，也要把永岛调来。此事背后定有隐情，但福园全无头绪。

警戒带拉了两圈。一个高中生在光天化日之下遭到枪杀，记者的数量自是非比寻常。围观群众也不少。他们大多是来公园游玩的市民，其中不乏手拿羽毛球拍的情侣和拽着遛狗绳的老人。

仓石和福园跨过外围警戒带，前方便是忙碌的同事。有一片区域用蓝色塑料布搭起的帐篷遮着。铁丝网边的长椅就是这起枪击案的现场。

仓石一走过去，人群便像摩西面前的红海一般朝左右分开。不，唯有一人盯着仓石，没有让路。

搜查一课刑事指导官[1]，立原真澄。他与仓石同届，今年五十四岁。他的地位相当于本部的"刑警头目"，只是这一两年受健康问题影响处于半停职状态。原因不明的头晕害得他连走路都成问题。

---

[1] 和新人刑警组成搭档，通过实际案件教导并培养新人刑警。——编者注

福园放慢脚步。仓石和立原堪称"搜查一课双杰"。听说他们很认可对方的实力,但每次碰上都是火花四溅。

"哟,仓石。课长都跟我说了。你打什么鬼主意呢?"

"脑子不灵光就省省吧,不然又要头晕栽跟头了。"

"呵,就你嘴臭——尽管看吧。要是自杀或病死,记得知会我一声。"

立原冷嘲热讽,揭开了塑料布帐篷的一角。

只见一个把满头金发弄成刺猬模样的年轻人穿着牛仔裤和牛仔布衬衫蜷缩着身子,很是随意地倒在木头长椅跟前。仓石的视线移向大崎胜也脖子的后方,落在颈椎骨左边那发黑的射入口。一米开外停着一辆改装过的摩托车。大批鉴证专员趴在周边的地上,缓慢挪动。可见子弹打穿了身体,没在大崎的脖子里。

"抱歉,我来晚了。"

福园回头望去,正巧看见两颊潮红的永岛气喘吁吁地跑来。福园把头一扭。这是他们第一次见面,但嫉妒和厌恶堵在胸口,让他提不起劲来打招呼。

仓石嘴角一勾:"抱过女人了?"

"没……"

"你不用待在这儿。回警戒带外面去,观察围观群众。"

"啊……?"永岛连连眨眼。

"你到处走走,看看那些围观的人。有眼熟的面孔就过来告诉我。"

"好、好的……"

永岛带着困惑的表情走远了。

福园很是不解。围观群众?愉悦犯[1]确实有可能留在现场。可仓石为什么要让永岛去找"眼熟的面孔"呢?难道这案子和永岛有什么联系?还是说,仓石只是想把碍手碍脚的累赘打发走?他意识到永岛不堪大用,所以把他支开,免得妨碍自己验尸——

"阿福,开工。"

"遵命!"

福园下意识地脆声应道。至少他在仓石眼里是个有用的下属。

两人走进枪击案的现场。仓石经过尸体旁,揭开最深处的塑料布,铁丝网映入眼帘。铁丝网之外是一条四米宽的市道,市道之后则流淌着仲井川。

"看尸体跟长椅的位置关系,凶手很可能是从市道隔着铁丝网开的枪。"

福园胸有成竹道。长椅离铁丝网不过两米左右,中间长满齐膝高的夏日野草。如果凶手拨开野草绕到长椅后方,就必然会引起大崎的注意,甚至让他有所警觉。更关键的是,如果凶手是在铁丝网内开的枪,他就必须拿着枪穿过广阔的公园,寻找出口。

"作案以后还得跑呢,总不能是在公园里动的手吧。"

听到福园如此强调,仓石微微点头,用自己的步幅测量了铁

---

[1] 指以犯罪为乐的人。他们的犯罪通常以轰动社会、享受社会反响为目的。——编者注

丝网到长椅的距离。

"约莫两米二……"仓石嘟囔着在尸体旁单膝跪地。

福园有样学样。他偷瞄尸体的脖子,喉结右上方有破裂状的射出口,出血不多,已经凝固。

仓石从包里取出尺子,测量尸体的脖子、腿和背部,还测了长椅的高度。量了一会儿,他缓缓起身。

"射入方向几乎水平。结合大崎的座高、射入口和长椅的高度,发射点离地约九十厘米,大致齐腰高。当然还得看凶手的身高。"

"哦,凶手肯定把枪顶在了腰上。"

"没长进的蠢材。"

"啊?"

"站在铁丝网后面,把枪顶在腰间瞄准目标的头部或颈部——职业杀手都不一定有这个本事。想必是坐在车里,放下车窗开的枪。而且是双手持枪,仔细瞄准以后才动的手。"

"对啊!坐在车里要比站着矮上不少,还能把手肘固定在窗框上呢。"

"别急着下定论。还不能排除凶手站在市道上双手持枪射击的可能性。"

"为什么?"

"万一坐在长椅上的大崎向前弯着身子呢?那就相当于子弹来自他的上方,实际呈现出的射入方向也是水平的。"

福园思索片刻，望向仓石道："可还是坐在车上开枪的可能性更大一点儿吧。这样更能避人耳目。"

"也是。"

仓石瞥了一眼正在彻查地面的鉴证专员。

"如果凶手是站着开枪的，考虑到射击角度，子弹应该会落在大崎跟前。但子弹至今仍未找到，看来确实是来自车窗的水平射击。"

福园拍手道："校长，如果凶手是坐在车上的，那他开的很可能是外国车哎？如果是左舵车的话，就能紧挨着铁丝网停了。"

"右舵车掉个头停在铁丝网外，或者从副驾驶座开枪，现场也会是这个状态。"

"但外国车就能串起来了嘛。外国车和枪。可以重点查查道上的人。"

"还有经济条件好的。这年头不混黑道的普通人也能轻而易举搞到枪支弹药了，毕竟黑帮都想多开拓点儿现金收入。"

"可是，假设死者是因为毒品交易的纠纷，被人一枪崩了不是更顺理成章吗？"

"不过是个小毛孩，对方吓一吓足矣。"

"话是这么说……"

"凶手并没有提前选定目标。他是一边开车，一边寻找合适的猎物——这么假设更符合我的直觉。"

福园颇感纳闷儿。他觉得仓石的措辞很是强硬。仓石似乎从一开始就认定了本案是"普通人""串街"作案,每句话都带着推测和刻意引导。仓石素来忌讳先入为主,福园还是头一回听他说出"直觉"这个词。

脚步声传来。福园回过神来才发现,永岛已经走到了仓石跟前。

"有眼熟的没?"

"没……没有。"

"哦,辛苦了。"

"调查官,"永岛正色道,眼中流露着疑惑,"我不明白。您为什么会觉得围观人群里有我认识的人?"

"没说你认识。"

"那是怎么回事?"

仓石没有回答,而是和之前一样单膝跪在尸体旁边。只见他用手指钩住大崎的衬衫口袋往里看,里面只有烟和打火机。仓石又掏起了大崎的裤袋。摩托车钥匙、钱包、拆了表带的圆形手表……

福园垂眸看了看仓石,又看了看永岛。气氛尴尬。永岛的疑惑,也是福园的疑惑。他完全猜不透仓石的心思。

就在这时,仓石采取了意想不到的行动。只见他从包里拿出了开口器和笔形手电筒,打开大崎的嘴,照向咽喉深处,仔细观察。

"校长。"

福园忍不住喊了一声,没有回应。

就在仓石取下开口器时,立原指导官走过来说道:

"哟,找着蝉没有?"

仓石抬眸道:"好像没有。"

"没有就对了,十七年蝉不过是你的妄想。"

十七年蝉——

立原报出的词语让福园倒吸一口气。他是听过的。对了,好几年前,喝得酩酊大醉的仓石提起过。

"十七年蝉是嗜血的蝉。它会蛰伏十六年,到了第十七年再出来犯事。阿福,可别眼睁睁把它放跑了!"

福园看向一边,他的耳膜捕捉到了某种动静。

是永岛的呼吸。

永岛的面色惨白如纸,嘴唇微微发颤。

福园的直觉告诉他。

十七年蝉。这个词竟能让永岛的呼吸急促至此——

5

热带夜[1]。

永岛回到公寓时已近午夜零点。他打开空调,连衣服都不换

---

[1] 日本气象厅术语。指夜间的最低气温在25摄氏度以上。

便躺倒在床上。

去过仲井川公园之后,他们又跑了两个现场,分别位于县北和县西,两起均为自杀。县西现场的景象在永岛的眼前挥之不去。二十三岁的女白领在浴缸里割腕自杀,身上只有内衣……割开的手沉在浴缸里,乍看仿佛一具雪白的身体浸在血泊中。片区请仓石出现场,是因为他们既没找到遗书,也没发现"犹豫伤"。仓石根据"脱衣处的衣服叠法与衣柜里的一致"这一点得出了"自杀"的结论。然后,他凝视着女白领左手腕上仅有的那条又直又深的剃刀伤口说道:"她对这个世界,已经没有任何留恋了——"

当年的朱美也是吗?

永岛趴在床上,把脸颊和鼻子用力按进枕头。他的脑中一片混乱。今天也看到了好几具尸体。在仲井川公园,仓石还给他下了一道奇怪的命令——找眼熟的面孔。那到底是怎么回事?还有立原指导官提到的"十七年蝉"……他们为什么要在高中生的遇害现场说那些话?

"武文,你听说过十七年蝉吗?"

朱美告诉过他。

"它们可厉害了,在地下一待就是十六年,到了第十七年才变成蝉飞出来。多神奇呀!它们在地下待的时间和我们活到现在的时间一样长哎。我可不想过那种日子。地下肯定很暗很暗,又吓人又憋屈,我可受不了。唉,还好我是个人,还认识了你。你说呢？"

朱美的寿命比十七年蝉还短。

她是如何度过了如此短暂的人生？她在蓝天下自由翱翔过吗？永岛总觉得她一直待在土里，从未张开过翅膀。

他一闭眼就能看到朱美。

自黑暗中浮现的，是他无比熟悉的可爱笑容。她笑出了酒窝，那颗痣也看不到了。

是那群畜生抹去了她的笑容。

初中同学打电话约她出来，说"我找了个女朋友，想请你帮忙给她挑个礼物"。她被煞有介事的谎言所欺骗，坐上了他的摩托车后座，来到一间被一群小混混用作窝点的公寓。她被轮奸了，八个男人轮流侵犯了她。当时朱美正来着月经，小混混们倒觉得正好，无论内射多少次，都不会怀孕。

两天后，永岛得知此事。朱美哭成了泪人，说再也没脸见他了。他使出浑身解数，终于问出了真相。对不起……天知道朱美说了多少遍。于是他抡起木刀，杀去混混的窝点。他挥刀猛劈。劈了一下又一下。全程一言不发，连眼睛都没眨过。他听不见混混们的惨叫与哀求，骨折的响声倒是听出了老茧。他不停地挥舞木刀，直到混混们全都奄奄一息，跟破抹布似的动弹不得。

一名片警逮住了提着血染的木刀走在街上的永岛。几天后，警方发现了永岛的所作所为。但他最后并没有被指控犯有故意伤人罪。混混们坚称这是一场内斗——一旦说出永岛打上门来的真相，他们轮奸了朱美的事也就瞒不住了。所以，他们选择了沉默。那群畜生早已烂到了根。

自那时起，永岛寸步不离朱美，每天都骑着摩托车送她回家。他是那么心疼朱美。他想要她，却犹豫不决。他害怕朱美认为他的行为发自性欲，而非关爱，和那群畜生没什么两样。

一个月过去了。朱美似乎渐渐走出了阴霾。一天，她提出要自己坐公交车回家。

"真的没事啦。我偶尔也想坐坐公交嘛，买的月票还没用过几回呢。"

永岛信了。他松了口气，也有种解脱感。那些天他对朱美一直小心翼翼，身心俱疲。

朱美面露微笑。

"那我走啦，武文——拜拜。"

"嗯，明天见。"

可"明天"并没有到来。

夜半时分，朱美的母亲打来电话。电话那头传来刺耳的尖叫。

"你对朱美做了什么！"

朱美在浴缸里割开了手腕。母亲发现的时候，已是回天乏术。

永岛驱车赶去，连鞋都没脱便冲进屋里。一个把帽子戴得很低的鉴证专员在走廊里拦住了他。他竭力反抗，却被那人用双手推了出去。所以，他没看到现场。朱美肯定跟今天那个女白领一样，躺在被自己的血染红的浴缸里……

灵柩中的朱美仿佛只是睡着了。脸颊上的痣清晰可见。他想让朱美笑一笑，想用酒窝抹去那颗痣。

"你对朱美做了什么！"

朱美母亲的嘶吼萦绕在耳畔。

渐渐地，永岛生出一个念头，朱美就是因为他什么都没做才死的。在出事后的一个月里，他一次都没要过朱美。因为他觉得提这种要求对她太残忍了。因为他不想让朱美觉得自己是那群畜生的同类。可是真的仅此而已吗？

脏了的身子——

他敢说他从没有过那样的念头吗？他敢说他从没用那样的眼神看过朱美吗？

怎么就随随便便上了别人的车？他的心底深处确实有对朱美的责备。所以他什么都没做。他没有要朱美。朱美一直在等，默默等了他一个月。她凝视着永岛的心。然后——

"那我走啦，武文——拜拜。"

永岛用手背拭去泪水。

他离开公寓，钻进车里。

闹市区的华美灯光刺得人眼睛生疼。打扮随意的畜生在街头巷尾成群结队，似是被热带夜的温度迷晕了心智。

6

搜查一课课长高岛抬起眼眸，仓石那张毫无生气的脸越来越近。

"哟，脸色不太好啊。立原也说'这回轮到仓石住医院喽'。"

"不是你叫我来的吗，有事快说。"

"你先坐下——我让立原去查了一下，总算明白你说的'十七年蝉'是什么意思了。"

"嚯，明白了？"

"三十四年前非正常死亡的钣金工，十七年前被打死的职校生，还有昨天死于枪击的高中生。你是不是想把这三起案件串起来？"

仓石往沙发上一坐："说得倒是轻巧。"

"说实话，我对你很失望。亏我当初不顾部长的反对，硬是留下了你。"

"说说你和立原的高见。"

"这三起案件确实有两个共同点。死者都是未成年人，且一眼就能看出是小混混。反过来说，除了这两点，就没有其他共通之处了。"

"你别忘了，还有'三起案子都没破'。"

"这算哪门子的共同点！三十四年前死的那个钣金工又不是

他杀,他死于过量服用安眠药导致的中毒。"

"当时的验尸官似乎是这么认为的,但也不能排除被烧死的可能性。"

"整栋公寓都被烧毁了。尸体确实被烧过,但我看过当时的记录,钣金工是死后被烧这一点毋庸置疑。"

"不是没查到起火原因吗?"

"你要非说人是被烧死的,那就给出理由。"

"那具尸体呈典型的斗拳状姿势,皮肤发红有水疱。这不是生前烧伤的证据吗?"

高岛朗声笑道:"哈哈哈!这可不像是你会说的话。你别忘了,我也当过四年的验尸官——听着,钣金工的气管没有吸入烟尘,反倒是胃里有大量的安眠药。简而言之,火灾发生在他死后不久。因为皮肤组织还活着,所以才有水疱、发红等活体反应。这是极其合理的验尸结果。你到底是看哪里不顺眼?"

仓石抱起胳膊:"怎么解释卡在他喉咙里的蝉蜕?"

"对,能保护你妄想的唯有那一座堡垒。你不就是想说,凶手是为炫耀罪行才塞了蝉蜕吗?"

"回答我的问题。"

"天知道,当年查了那么久也没个结果。大概是某种巫术吧。我还听说有些地方会用蝉蜕煎药呢。"

"那可是一整个蝉蜕。"

"有些亚洲国家还吃那玩意儿呢。"

"谁会在寻死的时候吃？"

"所以说啊，那是跟死后灵魂的去处有关的巫术。不然就是死者服下安眠药后，神志不清塞进嘴里的。"

"蝉蜕是凶手塞进喉咙的。塞到那个位置，就不会被火烧掉。站在凶手的角度看，这样才能确保信息能够留存。"

高岛吐出一口浊气。

"是又怎样？我说，那可是三十四年前的案子啊！诉讼时效过了两轮还有剩的！"

"十七年是个绝妙的周期。时效十五年期满，哪怕刑警坚持到最后，也只能就地解散。案子迅速风化，也不会再有人去回顾。这就相当于没有了能吃掉蝉的天敌。于是凶手看准时机，再次作案。"

"太牵强了。无论从哪个角度出发，都无法将这三起案件联系起来。那个被打死的职校生的喉咙里有蝉吗？这次的高中生呢？不也没有吗！退一万步讲，就算钣金工的案子是他杀，那也过去整整三十四年了。即便凶手当年只有二十岁，现在也五十四岁了。不可能有时间跨度这么长的犯罪。要是连这种可能性都要考虑，案子就没法查了！"

仓石眸光一凛。

"你真的是搜查一课的课长吗？"

"什么？"

"连我们都不考虑，还有谁会考虑？"

高岛猛收下巴。

"有蝉卡你喉咙里了？"

"……少啰唆，说重点。"

"我没说三起案件出自同一人之手，而是认为有模仿作案的可能性。正如你所说，'被害者是小混混'就是这些案件的共同点。憎恨街头混混的人，想弄死他们的人。这是凶手的共同点，也是首要条件。"

"这不过是概率极低的空想。被害者的背景各不相同，他们因个人恩怨遇害的可能性远大于你说的那种情况。而且你别忘了，钣金工的案子不是他杀。"

"明明是你忘了。尸体喉咙里塞着蝉蜕，这种事会给人留下深刻的印象。当年媒体也拿这起案件大做文章，渲染它有多神秘。后来它也一直都是人们议论的话题。就算真是自杀，它也有可能成为'模仿作案'的始祖。"

高岛微微后仰。

"有可能？喂，我在跟谁说话呢？堂堂'终身验尸官'，说话都不讲证据的吗？"

仓石面不改色。

"喉咙里的蝉和十七年蝉在某个人的脑子里串联起来，这才牵出了第二起案件，也就是十七年前的'职校生凶案'。"

"在谁的脑子里？"

"想弄死小混混，并且高度关注十七年蝉的人。凶手就在这两个条件的交集之中。"

"这次杀高中生的凶手也是那个人?"

"十有八九。"

高岛呼出一口气,同时靠上沙发。

"看来你也是老糊涂了。高度关注十七年蝉的人……比如你?"

"确实。"

"你为什么揪着那些案子不放?"

"因为片警提起的一件事。"

"片警……?"

"我手下那个永岛,年轻时犯过事。那个片警一直很关照他,引导他改邪归正当了警察。他告诉我,永岛在案发几年后提起过十七年蝉。"

"永岛提起过十七年蝉?"

"没错。"

高岛的身体脱离靠背。

"难、难道你是……怀疑永岛?"

"知道永岛当年犯的是什么事吗?"

"听过大概。"

"他用木刀把八个人打得半死不活。一个月后,那个职校生就死了。"

仓石站起身。

"哎，等等——"

"立原在哪儿？"

"立原怎么了？你先——"

"我问你他在哪儿！"

"仲井川公园的现场。"

"叫他回来。我有话跟他说。"

"胡闹！他是现场总指挥！而且，他也不会听你的！"

"嗒！"仓石一个转身，带出一声脆响。

"你就告诉他——我们是捕食者。如果蝉进化了，我们也要跟着进化，吃掉它们。"

7

一周后——

永岛置身于黑色轿车的后座，刑事指导官的专车。立原抱着胳膊，坐在他旁边。

他会被带去哪里？

"指导官。"

"嗯？"

"你们是不是在怀疑我？"

"……"

"我的枪被查了。"

"不只你的,全体职员的都查了。司法解剖显示枪是点三八口径的,但至今没找到子弹。"

"还让我给出大崎遇害时的不在场证明。"

"听说你当时正开着车到处乱逛?"

"是的,我没撒谎,请您相信我。"

"到了,下车吧。"

停车的地方,竟是本县最高档的酒店的门廊。

永岛迈着僵硬的双腿穿过酒店的旋转门。他能透过鞋底感觉到地毯的柔软,不刺眼的照明,隐约入耳的钢琴旋律……

"这边。"

永岛在立原的催促下走上楼,来到婚宴大厅的门口。

"拿着它进去,"立原把一台连着硕大闪光灯的单反相机塞给永岛,"都安排好了。你的任务是假装摄影师,观察宾客的面孔。看到眼熟的就通知我。明白了吗?"

"我不明白。"

永岛好不容易才挤出一句话来。他的脑海中乱作一团。"眼熟的面孔"——仓石在仲井川公园的现场也说过一模一样的话。他们是在试探自己。他们怀疑他对枪击案有所隐瞒,想激他一激——

"赶紧的,不然要散场了。"

"这到底是谁的喜酒?"

迎宾板上印着"北田&安池　喜结良缘"。但永岛的熟人中并没有这两个姓氏。

"管它是谁的。别先入为主，专心看宾客的脸。"

永岛几乎是被立原推了进去。宴会厅很大，桌数和天花板的高度都配得上"华烛盛典"四字。

永岛战战兢兢地向前走去。

宾客们谈笑风生，没有人注意到他的存在。

亢奋逐渐消退。永岛心想，赶紧完成任务走人吧。他终究是一名警察，不管命令有多么不合理都必须忍受。反正也不可能找到什么熟面孔，转上一圈，汇报一声"没找到"就是了。

永岛穿行于圆桌之间，假装拍照。亲戚……好友……主宾……新人……果然没看到任何熟悉的面孔。他正要转身走人，却停下了脚步。视线也凝住了。目光落在了媒人的座位上。

那是一位约莫五十岁的优雅绅士。

永岛盯着他的脸看了数秒。

永岛不认识他，从没见过他。但——

有怀恋忽而涌上心头。

莫名其妙。永岛转身背对着他，迈开步子。走着走着，脚便抖了起来。他回过头，将那人纳入取景器，镜头拉近。

按下快门。

在走廊迎接永岛的是面色严峻的立原。许是因为永岛的神情体现了此行确有收获——

"看到了?"

"……"

"是媒人吧?"

"不知道……可……"

也不是特别像。但永岛确实想到了她,联想到了她。

朱美的父亲——

在脑海中混作一团的句子脱口而出。

"他到底……这场喜酒……你们到底想让我……"

"宴会厅里的人大多很熟悉十七年蝉。"

立原先申明他接下来说的都是现学现卖。

"新郎是L大学理学院的讲师,新娘则是理学院的研究生,媒人是教过他们的教授,专攻动物行为学。懂了吧?"

立原……不,是仓石早已看透一切。

永岛也看清了全局。十七年蝉是朱美告诉他的。他没有问过她感兴趣的原因,谁料,其源头却是朱美的父亲。他与朱美的母亲浓情蜜意时提过十七年蝉,后来母亲又讲给了朱美。

聪明的男人——朱美的母亲如此描述孩子的生父。朱美和母亲长得一点儿都不像,那就意味着她长得更像父亲。不难想象,仓石在他的设想中画了这样一条线。

"那个人——朱美的父亲,就是十七年蝉的凶手?"

"还不好说。但十七年前打死职校生的也许就是他。"

"十七年前……?凭什么说是他?"

"因为当时他的女儿刚被小混混害死。"

永岛一时间都没听懂立原在说什么。

他拼命摇头。

"他应该不知道的。他应该对朱美一无所知啊！朱美遇到的事，他应该也……他没有理由恨小混混啊！"

"搞不好是你呢。"

"啊……？"

"她的父亲恨的也许是你。你和她形影不离，天天骑着摩托车送她回家。他完全有可能碰巧撞见你们一两次。"

永岛瞠目结舌。

"那……那个职校生是当了我的替死鬼……？"

"当年谁见了你，都会认定你是个小混混，不是吗？"

刹那间，尖叫声震破鼓膜。

"你对朱美做了什么！"

"不可能！"永岛龇牙吼道。

朱美的父亲明明是个冷酷无情的人，他曾无情地威胁怀着朱美的母亲打掉孩子。

"他不可能爱朱美。绝对不可能！"

立原没有点头。

"仓石说——那不是爱，而是本能。他本不想让这个孩子出生，但和自己有血缘关系的女儿死了，他就恨上了害死女儿的混混。"

"怎么会……？"

"因为混混害死了他的后代。十七年蝉的周期性繁殖不就是为了稀释效应吗？繁殖是为了留下后代。也许，蝉和女儿的死就是这样在学者的脑子里产生了联系。"

永岛垂头丧气，久久无法抬头。

厚重的乌云笼罩着他的脑海。真相仍然成谜，他又岂能猜得透学者的心思。唯有一点显而易见。

"……原来我就是个认人的工具。仓石调查官就是为了这个才把我调到了他的手下……"

"确实像他干得出来的事。"

立原不假思索，但停顿片刻后补了一句。

"但我觉得没那么简单。我住院那阵子，医生时常提到仓石，还让我给他带话，让他尽快来医院看看。"

8

第二天早上，因为无法分辨非自然死亡的婴儿脖子上的红线是索沟还是褶子，剑崎市中央署再次申请验尸官出现场——

路上很堵。永岛手握方向盘，仓石坐在后排，车里的空气很是凝重。

"调查官，"永岛看着后视镜说道，"您能不能告诉我……"

"告诉你什么？"

"朱美的父亲是枪击案的凶手吗？"

"那是刑警的工作。"

"十七年前的职校生呢？虽然已经过了诉讼时效……"

"法律的原则和警察的原则是两码事。查清真相又没坏处。"

停顿片刻后，永岛再度开口："您不去医院吗？"

"啊？"

"听说医生再三让您去看病。"

"少啰唆，专心开你的车。"

"您能不能再回答我一个问题？"

"什么问题？"

"您为什么调我过来？"

没有作答。

果不其然。他就是个认人的工具。

他差点儿就喜欢上仓石了。他差点儿喜欢上了这个对谁都爱搭不理、直言不讳、对工作高标准严要求的独行侠。

"请您告诉我。"

"……"

"是因为那位片警告诉您的往事吗？"

"放手吧。"

"啊……？"

"抓着不放的不是她，是你。"

永岛僵住了。

"死人也有自由，也该放她走了。"

胸口忽地一热。

现场离得不远。深蓝色面包车周围有几个忙着搬运资材的鉴证专员。

车刚停下，仓石便打开车门下去了。永岛急忙追上他的背影。

"调查官——您还没回答我。"

"回答什么？"

"为什么调我过来？"

"……"

"告诉我吧，求您了。"

仓石没有回答。然而——

与一名鉴证专员擦身而过时，只见他随手捞起对方的帽子，戴在了自己头上。而且戴得很低。

永岛愣在当场。

竟然……

那天的鉴证专员就是仓石。

十六岁的永岛冲进朱美家时，那个用双手把他推出去的鉴证专员。

仓石看到了朱美的尸体，也看到了因为朱美的离去号啕大哭的永岛……

视野变得蒙眬。

细如长矛的身形，在模糊的视野中渐渐远去。

立原的话语犹在耳畔。

"他是瘦，可原来也没瘦成那样。办这个案子的时候，他也有些莫名地感情用事，跟平时判若两人。自己的身体，自己最清楚不过。也许他知道自己没几天好活了。"

圆滚滚的身影与长矛会合。

"校长，您最近都成我们署的常客啦。"

"少贫嘴，福馒头。"

永岛微微一笑。他拭去泪水，迈开步子。

"放手吧。"

可爱的酒窝浮现在眼前。然后，他便看见了早濑绫子。她就站在他面前，提着鼓鼓囊囊的超市购物袋。

"死人也有自由,也该放她走了。"

读客®
悬疑文库
认准读客读悬疑，本本都是大师级。

专注出版中、英、美、日、意、法等世界各国各流派的顶尖悬疑作品。

为读者精挑细选，只出版两种作品：
经过时间洗礼，经典中的经典；口碑爆表、有望成为经典的当代名作。

跟着读客悬疑文库，在大师级的悬疑作品中，
经历惊险反转的脑力激荡，一窥人性的善恶吧。

扫一扫，立即查看悬疑文库全书目，
收集下一本精彩悬疑！